DIEU MON PREMIER AMOUR

Guy Gilbert est né à Rochefort-sur-Mer, en 1935, dans une famille ouvrière de quinze enfants. Sa vocation se déclare très tôt, à l'âge de treize ans, et c'est comme séminariste qu'il accomplit son service militaire, en pleine guerre d'Algérie. Il est ordonné prêtre en 1965 et nommé vicaire à Blida en Algérie. Pour être proche de la population, il apprend l'arabe comme plus tard à Paris il parlera l'argot des loubards. Un enfant de douze ans qui s'était réfugié chez lui, incapable de parler pendant un an – ses parents le faisaient manger dans l'assiette du chien, après le chien –, oriente une seconde fois sa vie. Les gosses de la rue ont besoin de quelqu'un, c'est à eux qu'il ira. De retour à Paris, il s'installe dans le XIXe arrondissement et aide les adolescents livrés à eux-mêmes, les jeunes drogués et les récidivistes. Il témoigne de son expérience d'un autre monde dans plusieurs livres : *Un prêtre chez les loubards,* en 1978, *La rue est mon église,* et *Des jeunes y entrent, des fauves en sortent,* en 1982 sur les jeunes en prison, *L'Espérance aux mains nues,* en 1984, *Aventurier de l'amour,* en 1986, *Avec mon aube et mes santiags,* en 1988, *Les Petits Pas de l'amour,* en 1990, *Jusqu'au bout,* en 1993, *Des loups dans la bergerie,* en 1996 et *Dealer d'amour,* en 1997. Délégué au conseil presbytéral auprès d'évêques pour représenter les prêtres veillant sur les marginaux, Guy Gilbert s'occupe maintenant, en équipe, de l'insertion des mineurs incarcérés multi-récidivistes dont plus personne ne veut.

Paru dans Le Livre de Poche :

UN PRÊTRE CHEZ LES LOUBARDS.

LA RUE EST MON ÉGLISE.

L'ESPÉRANCE AUX MAINS NUES.

AVEC MON AUBE ET MES SANTIAGS.

LES PETITS PAS DE L'AMOUR.

JUSQU'AU BOUT !

GUY GILBERT

Dieu mon premier Amour

STOCK

À toi, Yildiz.

À travers toi, ta souffrance,
ton désespoir et ta folle
espérance, merci de m'avoir
permis de rencontrer l'amitié
la plus pure et la plus haute.

Dieu est le premier Amour de ma vie depuis l'âge de treize ans.

Comme m'a dit un mec en taule :
« Tu as eu des milliers d'amours, depuis... Nous. »

Première Partie

Une vocation, un chemin

Les yeux de mon père et de ma mère

Il m'est totalement impossible de parler de solidarités sans parler d'abord des yeux de mon père et de ma mère.

Né il y a soixante ans d'une famille de quinze enfants, la force de ma vie tient aux yeux d'amour, de force et de tendresse de mes parents. On a dit, un jour, à ma mère : « Comment avez-vous pu diviser l'amour entre vos quinze enfants ? » Ma mère a répondu cette phrase magnifique : « Je n'ai rien divisé. J'ai multiplié l'amour. » Et cela je l'ai vérifié.

Nous avons été élevés d'une certaine façon comme des enfants uniques.

Ces yeux d'amour et de tendresse, c'est la plus grande chose qu'un homme et une femme peuvent donner à leurs enfants.

Au niveau religieux, j'ai fait ma communion solennelle à toute vitesse et j'ai tout laissé tomber. Je n'ai retenu de la cérémonie que cette phrase prophétique de mon curé : « Pas de bruit pendant la quête. Que des billets, que des billets. »

On me demande souvent comment je suis devenu prêtre. C'est à treize ans que j'ai senti un appel impérieux, fort, et que je ressens d'une certaine façon quarante-sept ans après avec la même évidence. Un incident bénin apparemment, un an avant, a peut-être été le déclic. Opéré de l'appendicite à l'hôpital, le soir une religieuse nous faisait faire la prière. Elle nous a demandé de prier pour que l'un d'entre nous soit appelé au sacerdoce. J'ai senti mystérieusement que c'était pour moi... Ça s'est éteint aussitôt. Et puis un an après, brutalement, ce désir fou, « comme une envie de pisser », m'a dit mon père.

Je sais que je ne pouvais, et que je ne peux rien faire d'autre qu'être prêtre. Cela s'appelle la « vocation ».

Parfois une vocation tient à peu de chose ; à simplement une phrase, une réflexion, une prière, une rencontre, une question. N'ayons jamais peur de prier pour les vocations. À tout moment peut être interpellé tel ou tel jeune.

Je rentre au séminaire. C'est le diocèse de La Rochelle qui a vu mes premiers pas. Je vénère ce diocèse qui, le premier, m'a appris l'Église durant mes neuf ans de petit séminaire. Mais ce n'est pas ce diocèse qui m'a appelé au sacerdoce. C'est le diocèse d'Alger.

Je partais pour la guerre d'Algérie, en effet. Je n'avais aucune envie d'aller tuer des Algériens. On ne tue pas des gens qu'on ne connaît pas. Mais, séminariste, il m'était impossible d'avoir une mitraillette dans la main. J'optais pour être infirmier, pour me situer dans cette tragédie comme quelqu'un qui apaise et soigne, et non pas un meurtrier en puissance. J'en ai chié plein mes bottes parce que je n'ai pas accepté la torture et que je voulais rester un homme d'Évangile, debout. Cela veut dire que, du mal, Dieu peut en tirer du bien.

Passer du séminaire où l'on est bercé par les enseignements, la prière quotidienne, la messe, à un piton rocheux au milieu de jeunes appelés ne parlant que de cul et de mort, était une épreuve certaine.

M'accrocher au bréviaire et à mon chapelet a été pour moi une arme redoutable. Elle m'a permis, dans ce temps très difficile, de maintenir le cap pour me situer en combattant de l'Amour et de l'Espérance.

Je suis resté en Algérie, fasciné par le monde arabe. J'ai appris la langue. J'ai terminé ma théologie et j'ai été fait prêtre là-bas.

Je vénère le cardinal Duval, archevêque d'Alger, parce que c'est lui qui m'a fortifié dans l'amour de l'Église. Je ne parlerai jamais assez de ma solidarité en Église parce qu'elle est force, puissance et qu'elle nous fait entrer dans le prodigieux mystère de Dieu.

Dieu écrit droit avec des lignes courbes. Moi qui voulais vivre en paroisse, en pleine campagne, avec mes cloches, mes bigotes, mes poules et mes lapins, je me retrouve en plein pays musulman avec un peuple chrétien minuscule et trois curés à la tête de la paroisse. L'immense majorité des chrétiens avait fui à l'indépendance, en 1962.

On m'a demandé de faire de l'animation avec des jeunes musulmans. Je l'ai fait avec passion en bâtissant avec eux un groupe très important d'animation théâtrale, loisirs, etc.

Je voulais donc un ministère paroissial et, depuis trente ans, je vis totalement en dehors de la paroisse.

C'est le mystère de la grâce de Dieu qui ne nous appelle pas forcément où l'on veut. Cet appel reste une énigme pour chacun d'entre nous.

Une nuit, une rencontre est devenue un événement considérable dans ma vie. Je rentrais de mes activités avec les jeunes quand je vois un gamin de douze ans sur le bord d'un trottoir. Je lui demande ce qu'il fait là à 2 heures du matin. Avec toute la détresse du monde sur son visage, il me dit seulement : « Je ne veux plus rentrer à la maison parce que là je mange après le chien dans l'assiette au chien. » Je pris Alain une nuit et je l'ai gardé sept ans. J'étais coincé : je ne pouvais quand même pas lui dire le lendemain : « Repars bouffer dans l'assiette du chien. » Silencieux pendant longtemps, il m'a tout de même dit : « C'est chouette que tu me sortes de la merde, mais peux-tu t'occuper de mes copains qui sont dans la rue ? » Et c'est comme cela que je suis devenu prêtre dans la rue, sans le chercher et sans le vouloir.

Vous allez me dire : « Ce n'est quand même pas un

môme qui va t'appeler à une mission d'Église, mais c'est l'évêque ! »

Au bout d'un certain temps, comme j'avais mis Mgr Duval au courant, ce dernier m'a dit : « Il n'y a pas de prêtres dans la rue, alors, monsieur l'abbé, allez-y. Gardez un pied dans la rue et un pied dans l'Église. » Je n'ai jamais oublié. Cela voulait dire : « Ne lâche jamais l'Église. Elle est là. Reste blotti dans son cœur. Mais va sur tous les chemins interdits, chaotiques, difficiles où te conduira cette foule de jeunes qui sont dans la rue. »

J'ai reçu un seul coup de crosse de la part de mon évêque. Chaque fois que j'allais le voir, il me disait de me couper les cheveux et me donnait même quelques dinars pour une tonte qu'il voulait absolument. Je revenais chaque fois avec mes cheveux longs. Un jour, excédé, je lui ai dit : « Monseigneur, vous n'avez pas un cheveu sur le caillou, chacun son look. Restons-en là. » Et on en est restés là.

J'ai une immense reconnaissance pour celui qu'on appelait « Mohamed » Duval parce qu'il a conforté, solidifié le mystère de l'Église que nous, prêtres, avons à bûcher durant toute notre vie sacerdotale. Je ne suis pas un marginal de l'Église. OK, j'ai la gueule de la marginalité et je suis comme un canard dans une couvée de poussins dans l'Église. « On n'a pas la même gueule mais c'est la même Église. »

J'ai dû quitter l'Église d'Algérie au bout de cinq ans de ministère, sur les conseils de mon évêque. L'intégrisme musulman montait déjà dangereusement. Certains muftis trouvaient de plus en plus intolérable mon influence au milieu de la jeunesse avec qui je travaillais.

Je me retrouvai dans le diocèse de Paris, en plein accord avec les deux archevêques d'Alger et de Paris, pour continuer mon travail de rue dans l'Église parisienne. C'est là que mon look a changé. En Algérie, j'étais en soutane, puis en clergyman. Je passai de mon presbytère algérien qui embaumait la fleur d'oranger au XIXe arrondissement de Paris : l'odeur était différente ! J'étais remarquablement accueilli par les prêtres de mon doyenné.

Je garde un merveilleux souvenir de leur solidarité qui m'a permis de passer d'un monde arabe où j'ai vécu treize ans à un monde européen que je redécouvrais.

On me dit parfois que mon blouson de cuir est du cinéma. C'est simplement une histoire. Laissez-moi vous la raconter.

Dès mon arrivée à Paris avec une équipe de prêtres de rue, je travaillais tard dans la nuit à la recherche de jeunes perdus dans Pigalle, en clergyman. Chaque fois nous étions interpellés par des policiers. J'étais salué respectueusement. Quant aux jeunes marginaux avec qui j'étais, ils étaient interpellés grossièrement, s'ils n'étaient pas insultés. Le choc était fort et je n'acceptais pas ce respect extérieur qui m'offensait.

Un soir, une interpellation plus rude que les autres. Je réagis violemment et en discutai avec la bande de rue après : « Je refuse d'être un diamant au milieu de la merde ! » Les jeunes me répondent : « Eh bien ! habille-toi comme nous. Tu verras bien. » Le lendemain soir, nouvelle interpellation où je me fais traiter comme de la merde par les policiers. Furieux, je répliquai avec une verdeur qui n'a évidemment pas plu aux flics. La violence verbale m'a conduit jusqu'au commissariat ; là, obligé de révéler mon identité et ma fonction, j'ai d'un seul coup eu droit à des amabilités et à un respect que j'ai refusés immédiatement : « Je pisse sur le respect que je vous inspire. Maintenant que vous savez que je suis prêtre vous me respectez, mais l'humain que je suis a été particulièrement abîmé tout à l'heure. Mon sacerdoce ne me donne droit à aucun respect supplémentaire. Voulez-vous respecter l'humain que je suis et l'humanité de ces jeunes que j'accompagne. »

Étant souvent reconnu par des policiers maintenant, il n'est pas rare qu'ils me demandent un autographe que je refuse tant qu'ils ne m'ont pas donné le leur. Un autographe, c'est de la connerie. Mais un mot d'amitié de toi et un de moi, les deux échangés, mettent à égalité. L'Église n'a pas besoin de stars ni de vedettes. Elle a besoin de notre humilité révélée, de notre pauvreté vécue et de nos richesses mises en commun. J'ai des milliers d'autographes de jeunes que je garde précieusement.

Ma solidarité vestimentaire a été suivie de près par la solidarité du langage. Un prêtre a, à peu près, vingt mille mots de vocabulaire. Un évêque, évidemment, quarante mille... Face aux deux cents mots de vocabulaire des jeunes de la rue il fallait que j'apprenne ce nouveau langage. Ce que j'ai fait. On peut me le reprocher mais l'amour d'un peuple va jusque-là. Vous me direz, jeunes que je rencontre dans les conférences et échanges, que vous n'êtes pas des loubards. Mais mes loubards m'accompagnent ici. Ils sont dans toutes les salles et ce que je dis ils doivent d'abord le comprendre.

Une autre solidarité, bien étrange celle-là, a été celle de me confronter à la violence qui est l'atout maître des loubards. En clair, j'ai dû apprendre à me battre. On ne m'avait pas donné des cours de karaté au séminaire, bien évidemment. Traînant dans les rues le soir et assistant à des batailles de rue, il m'était quasiment impossible de me retirer pour lire mon bréviaire... J'ai dû, moi aussi, manier le poing. Notamment un soir où je rencontrai une violence brutale. Un jeune m'a insulté devant toute une bande. J'ai prié deux secondes et j'ai cru entendre la réponse du Seigneur : « Rentre-lui dedans ! » Ce que j'ai fait. J'en ai pris plein la tronche : arcade sourcilière éclatée, dents cassées, mais je me suis battu jusqu'au bout. Si je ne l'avais pas fait, j'aurais perdu toute crédibilité auprès des jeunes de la rue.

Ce n'est pas à coups de poing dans la gueule qu'on résout les problèmes, tout le monde le sait ; mais l'amour de l'Évangile incarné dans un peuple peut nous faire aller jusque-là. Leurs mots, leurs gestes sont violents, habitués qu'ils sont à la haine et déroutés par l'amour. C'est leur faire honneur quelque part que s'affronter à eux. J'ai dû faire un an et demi de karaté pour avoir cette capacité offensive dans des moments très difficiles. J'ai appris qu'on pouvait frapper avec amour quand il n'y a plus rien d'autre à faire. Il n'est pas question d'attaquer, mais de se défendre si possible, de ne pas être trop minable face à l'assaillant. Mais refuser le combat c'est se mettre hors de leur solidarité. Je donne une bonne droite évangélique. Je frappe d'abord et je bénis après...

La solidarité avec le plus pauvre, c'est de savoir d'abord l'écouter inlassablement, absolument. Ne jamais se pencher sur lui, mais l'écouter au plus profond. Il m'a fallu pendant une dizaine d'années vivre cette solidarité de la rue. Elle est un enseignement extraordinaire. L'écoute profonde de ces jeunes perdus m'a conduit sur des chemins éducatifs inédits. Ils me disaient de plus en plus : « À quoi ça sert de nous sortir de la merde ? La permanence d'accueil à Paris est super-chouette, mais on vend de la drogue à deux cents mètres de chez toi et on nous sert, à nous mineurs, de l'alcool tant qu'on veut. Trouve une ruine loin de Paris, on en fera une maison. On la bâtira nous-mêmes, avec nos mains et de vraies pierres. »

Une formidable aventure commençait à neuf cents kilomètres de Paris. J'achète une ruine, il y a vingt et un ans. Quatre cents jeunes, appelés irrécupérables, ont mis dix ans pour la construire. Les droits d'auteur de mes livres ont permis de bâtir une maison magnifique, bâtisse provençale en pierres. On y pratique la zoothérapie, terme barbare que je vous explique en deux mots. J'ai constaté l'extraordinaire instinct qu'ils ont vis-à-vis des bêtes. D'où une arche de Noé constituée de vingt-cinq groupes de bêtes. Elles vont des sangliers aux abeilles, des chevaux aux lamas, des lapins aux chèvres naines, des paons aux truites du vivier, en passant par les autruches. Les mecs sortant de taule et arrivant là-bas se retrouvent tout de suite avec un seau à la main pour nourrir les moutons.

Il n'est pas question de les « déporter » de la ville où ils reviendront, mais qu'ils passent assez de temps là-bas pour canaliser leur violence. C'est ce qu'ils m'ont demandé et, vingt et un ans après, l'expérience montre des fruits étonnants. Le rêve des jeunes Parisiens – qui vivent dans des tours infernales – c'est d'avoir aussi leur maison. En sortant de la maison qu'ils ont bâtie en Provence, ils peuvent fouler les pâquerettes et entendre les multiples cris des animaux qu'ils soignent et qu'ils aiment.

Ma solidarité avec l'Église de Paris est totale.

Solidaire des prêtres de Paris, notamment de ceux qui se défoncent au service des jeunes dont personne ne veut. Ne cherchez pas à regarder d'abord les prêtres connus qui passent à la télé et qui ont fait des bouquins. S'il y a un prêtre que j'admire à Paris, c'est bien celui qui se farcit plus d'une dizaine d'enterrements par semaine ; aumônier d'une chapelle attenant à un hôpital, il passe son temps à enterrer des macchabées qu'il ne connaît pas et à voir des familles qui pleurent. Bonjour l'espérance !

Solidaire aussi d'un corps social. Je suis « éducateur spécialisé » et mon métier me fait rencontrer éducateurs, juges, flics, etc. Passionnante tâche ! Il faut beaucoup de spiritualité face à des professionnels souvent usés par leur travail qui finissent, au bout de quelques années, par brasser toutes les misères du monde, sans toujours se rendre compte de l'humain de ces jeunes massacrés. Je rencontre des juges et parfois des policiers extraordinaires. Un gendarme chrétien arrête un jour un adolescent de quinze ans qui l'insultait avec une violence inouïe (normalement le gendarme excédé aurait pu lui sauter dessus). Il le regarde simplement et lui dit ceci : « Comme tu as dû souffrir dans ta vie pour être aussi violent ! » Le môme s'est mis à pleurer, comme un enfant qu'il était, et il a discuté pendant une heure avec le gendarme.

Dans une jeune vie massacrée, des moments comme celui-ci resteront inestimables.

Je suis solidaire de tous ceux et celles, uniforme ou pas uniforme, qui veulent vivre l'amour dans Paris ou ailleurs.

Mes limites dans la solidarité sont importantes. OK, être avec les loubards c'est ma mission d'Église. Dans ce monde de jeunes menteurs, vicieux, voleurs, on est confronté à des compromissions certaines. Ce monde immoral ou amoral, pour qui l'argent est à puiser dans votre portefeuille avec toutes les magouilles possibles et imaginables, nous devons nous en défendre. C'est justement notre différence face à eux qui les fera changer. Ils n'ont pas connu un homme et une femme qui leur ont appris l'amour, l'honnêteté. Je me souviens de la formidable branlée que j'ai reçue de mon père quand j'ai volé les pommes de mon voisin. Je m'en souviens d'autant plus que les pommes étaient vertes et pourries ! Mais ce sont des leçons comme cela qui mettent sur le chemin. Quand on n'a pas appris à un jeune le respect de l'autre, de ses biens et de son cœur, comment voulez-vous qu'il puisse se respecter ?

Écoutez bien l'histoire de ce jeune de quatorze ans, Johnny, condamné à perpétuité. « Tu sais, le plus loin dont je me souviens, Guy, c'est-à-dire quatre/cinq ans peut-être, c'est des coups que me donnait mon père le soir. Il ne rentrait jamais sans me frapper. Il buvait ; et tant que le sang ne pissait pas il n'allait jamais se coucher. Et de soir en soir, je me cachais sous l'armoire, sous l'escalier, dans un buffet, et puis il me trouvait, et puis il me frappait encore plus fort. Alors petit, je me dis, un soir : “Je sais où je vais me cacher, dans la niche du chien, il me trouvera pas.” » Il a ajouté : « Le seul être au monde que j'ai aimé, c'est mon chien. » Alors il se planque dans la niche, le père arrive, il entend la colère du père gronder, puis le père le trouve. Et devant Johnny il tue son chien. Il frappe si violemment Johnny qu'il lui casse l'épaule. Le lendemain : l'hôpital, la DASS, etc. La fin du martyre. Johnny a ajouté ceci : « Je me suis traîné à quatre pattes, avec mon épaule cassée, pour aller vers mon chien qui agonisait et j'ai bu son sang. Tout petit, je me disais : "La force, l'amour de cette bête que j'aimais tant, ils vont passer en moi." » Comment être normal en vivant ça ?

Je suis formidablement étonné depuis trente ans de voir comment on peut martyriser ainsi des enfants. Comme j'ai eu de la chance, et comme vous avez de la chance, jeunes, si les bras ouverts de vos parents sont là pour vous dire : « Comment ça va ? », si vous êtes attendus. Bouffez, bouffez cette chance. Mais vous êtes comptables de cette chance pour la porter aux autres aussi. Bouffez-la et donnez-la aux autres !

Mes limites dans un monde immoral et amoral ? Il faut que je me rapproche au plus haut. J'aime Jean-Paul II parce qu'il appelle au plus haut. Et quand on vit dans la boue du matin au soir, c'est merveilleux d'avoir cette barre la plus haute. Pas moyenne, pas petite, mais très, très haute.

Mes limites ? Je suis pécheur, je le sais. Quand on me vante, je dis d'abord que ce sont les loubards qui ont fait de moi ce que je suis. Ce sont eux, les pauvres avec lesquels je vis, les petits, les écrasés, qui m'ont fait ce que je suis vraiment parce qu'ils sont proches du Seigneur.

Les limites, par rapport à cette société qui enfonce toujours les mêmes : « Tu as du fric ? Alors, tu en auras davantage. Tu n'en as pas ? Tu crèveras, mon frère ! » Plus on modernise, plus on marginalise dans notre société ; vous le savez, ces limites sont désespérantes. On se dit : « Mais à quoi ça sert de continuer ? » On peut dire cela en Afrique, n'importe où. On peut aussi rêver qu'on lutte pour une société de partage.

Limites aussi de mon évangélisation. J'ai voulu leur parler de Jésus-Christ au début. Un mec avait vécu un long martyre chez lui et puis il m'en parle et ajoute : « Parle-moi un peu de ton Dieu. » Je lui en ai parlé, évidemment. « C'est ton bon Dieu d'amour qui a fait mes parents, Guy ? Mes parents m'ont enfermé dans le placard où je devais chier et pisser. Je suis sorti au bout de six mois parce que quelqu'un, une nuit, a enfin entendu mes appels. Et c'est ton bon Dieu qui a fait mes parents ? »

Mon évangélisation, c'est de me taire et vivre l'amour en silence. Tant qu'ils n'ont pas découvert l'amour humain, les jeunes de la rue ne découvriront pas l'amour du Christ, sauf grâce spéciale. Je porte en moi cette phrase : « Vivre de telle façon qu'à ma seule façon de vivre on pense que c'est impossible que Dieu n'existe pas. »

Si vos mains sont amour et partage, si votre cœur est tendresse, alors Dieu se révélera absolument. Ce n'est pas en jetant Dieu à la gueule des autres qu'on les convertit.

*

Où je puise mes sources ? Dans l'amour du Christ et de l'Église. Je n'oublie pas : « Là où est l'évêque, là est l'Église. Je les puise dans les multiples lucioles que vous êtes. Chaque chrétien doit être source de joie. Voir vos mains tendues pendant la communion, avides de recevoir le Christ. Rencontrer votre regard qui happe le mien en ce don de Dieu que j'ai mission de vous donner, c'est source de force. Beaucoup parmi vous ont lu mes livres. C'est pas une Bible. C'est simplement, pour moi, un moyen de vous rencontrer et peut-être de vous aider, notamment en décryptant ce qu'il y a derrière la violence de ces jeunes.

Ma source essentielle : la prière. Je crois absolument à son efficacité, une efficacité d'enfer ! C'est la plus puissante force de mes journées : prier chaque matin et méditer, prier toute la journée partout. Prier deux jours tous les dix jours en fermant ma gueule et en écoutant Jésus-Christ. Deux jours de silence absolu, complet, total, pour Dieu. Jeunes, prenez le temps pour cela. OK, la fête, les chants, les jeux, vivez-les bien. Mais écartez-vous du groupe pour prier ; c'est très important, Dieu n'existe que dans le silence.

Votre solidarité, jeunes, avec les plus pauvres ? Vous avez un formidable décalage entre ce que vous êtes, vivez et possédez, et ce que vivent les jeunes que j'accompagne ici. Ils ne possèdent rien, des parents inexistants, un avenir bouché.

Paris est une belle ville. La mairie s'occupe beaucoup des crottes de chiens. Mais un jeune Guadeloupéen qui vivait au milieu des poubelles et parmi les clochards depuis trois mois a été amené, par ces mêmes clochards, à ma permanence. Ils avaient réussi à trouver mon adresse dans mon livre *Un prêtre chez les loubards*... qu'ils avaient récupéré dans une poubelle. Les parents étaient partis au cours d'une fugue de ce jeune sans laisser d'adresse.

Vous rencontrez les pauvres, les petits, les clochards dans les rues de Paris et partout où vous vivez. Vous voyez des mains innombrables tendues partout. Mais s'il vous arrive de donner quelque argent dans ces mains, essayez de vous souvenir un peu plus tard de la couleur des yeux de celui qui tendait son bras. Si vous vous souvenez, c'est que vous avez rencontré une personne ; si vous ne vous en souvenez pas, vous n'avez rencontré qu'une borne, une pierre, un objet.

Et ne faites pas comme cette fille qui, à la sortie d'une conférence, avait voulu foncer voir les loubards. Je la revois encore avec un œil poché me dire : « J'ai voulu aller rencontrer des loubards dans un café et je leur ai dit : "Loubards, je vous aime !" Le plus grand s'est avancé, me disant : "T'as envie de baiser ? Je t'emmène tout de suite." » D'où le coup dans la gueule après son refus. C'est un monde différent du vôtre. Restez dans votre monde. Il y a tant de pauvres chez vous.

D'abord les enfants de la déchirure, c'est-à-dire de parents divorcés ; les plus cons dans la classe, les moins favorisés, ceux et celles qui ne sont pas aidés par la nature. C'est votre milieu et c'est celui où vous devez semer le bon grain de l'amour.

Vous voulez aider le Rwanda, l'ex-Yougoslavie ? Vous êtes des hypocrites si vous achetez du riz et que vous laissez l'assiette encore pleine après votre repas. Vous êtes des menteurs si vous jetez les provisions que vos parents préparent amoureusement. L'aide aux pauvres si lointains et si nombreux peut être un formidable alibi pour les Européens nantis que nous sommes.

Les vieilles n'ont pas besoin de sauter en l'air pour prier. Vous, si. Et puis vous êtes pleins d'imprévu et d'imagination.

Votre solidarité immédiate, c'est d'aller vers les jeunes qui sont seuls. N'oubliez pas : votre premier prochain ce sont vos parents, frères et sœurs, et grands-parents bien entendu. C'est votre Trinité d'Amour. Ne tombez pas dans le monde du fric, de l'opulence où être performant est essentiel. C'est pas le compte en banque du Christ qui est resté son testament, mais le lavement des pieds. Tous les problèmes liés à l'amour et la fidélité vous hantent. Nous, prêtres, nous vous aiderons longuement par l'écoute et la réflexion pour y voir plus clair.

Un des plus grands engagements et témoignages de notre temps est notre clarté vis-à-vis de notre cœur, notre corps et notre sexualité. Et puis, demain, reprenez le chemin de l'Eucharistie. Le plus grand moment de ma vie est de faire descendre l'amour dans mes mains nues et de vous Le donner. Pour vous ce sera de Le recevoir. Mais si demain vous arrivez à l'Eucharistie suivant la gueule de tel ou tel curé, alors vous assisterez à une messe super-moche : on choisit, on prend, on laisse. Dépassez nos personnes, frères et sœurs, allez au centre du mystère. Bûchez le formidable mystère de l'Eucharistie et n'oubliez pas le commandement du Christ : c'est pas d'abord « Aime les autres comme toi-même », c'est : « Aime-toi d'abord, aime ta gueule, aime ton corps, aime ton cœur, aime ton sexe, aime ce que tu es. Tu as une vie à te construire. C'est quand tu t'aimeras assez que tu seras en position d'aimer l'autre. On va mal vers l'autre quand on n'est pas bien dans sa peau. »

De temps en temps, rassemblez-vous et faites une cure d'Église. Prenez le temps de l'aimer. Alors vous saurez la faire aimer.

Les mal-nés de la rue

– *Prêtre des loubards, la rue est votre église, et votre vocation est de sauver les mal-nés de la rue. Pourtant, vous-même dites que votre vocation a germé dans le terreau de l'amour de vos parents, que toute vocation naît à partir d'un grand amour.*

Ne faut-il pas à l'origine une famille amoureuse et aimante, un minimum de chrétienté, bref, un terrain favorable aux semences, sans lequel la germination est illusoire ? Ou bien avez-vous fait l'expérience que l'on peut sauver à partir de rien, par miracle, par pur don surnaturel, même quand la nature manque totalement à la grâce ?

– On ne peut pas sauver à partir de rien, par miracle, sauf par un don extraordinaire, un don de Dieu. On ne sauve que par l'amour. Et c'est l'amour fulgurant que j'ai reçu de mon père et de ma mère qui m'a donné cette aptitude, je pense, à pouvoir donner cet amour aux autres. Sans cet amour humain reçu d'une façon prodigieuse, il y a longtemps que j'aurais été un être diminué qui aurait aimé sans grande motivation.

C'est cette force extraordinaire d'amour reçue de mon père et de ma mère qui m'a donné cette aptitude-là, à tout donner. Dieu a semé sur ce ciment d'amour en m'appelant, alors que je n'avais que treize ans.

*

– Par la panoplie loubarde (jeans, blouson noir, santiags, badges et bagues), par le langage, par les coutumes (tard couché, tard levé), par l'accompagnement des jeunes jusqu'en boîte de nuit, vous vous identifiez aux jeunes gens qui vous arrivent. Mais vous ne cédez rien sur la drogue, sur la violence, sur les déviations sexuelles volontaires.

Peut-on vraiment parvenir à séparer l'ivraie du bon grain, sans risque de complaisance pour eux, de contagion pour vous ? Entre leur instabilité et vos certitudes, y a-t-il osmose, et comment ?

– Il faut une pratique de trente ans de travail avec eux pour comprendre combien c'est extrêmement complexe et difficile de toucher le mal du matin au soir, et d'en être effleuré, mais simplement effleuré, et de ne pas céder au mal.

On vit avec des jeunes qui ont une façon d'être totalement différente de ce qu'on m'a appris, de ce que j'ai pu vivre. Ils n'ont pas de spiritualité apparente. Ils ont un cœur extraordinaire mais ils agissent par pulsion, par instinct. Ils vivent comme ils le sentent. Ils ont envie de baiser, ils baisent. De frapper quelqu'un, ils frappent. Ils n'ont pas de barrière morale ; ils n'ont pas de certitudes ; ils ont simplement la certitude de leur pulsion du moment qu'il faut satisfaire. Que ce soit au niveau du sexe, au niveau de la drogue ou de la violence.

Mes certitudes sont très fortes parce que c'est dans le silence, dans la prière, dans la demande perpétuelle de secours à Dieu que je peux me sortir de cette fange, de cette boue qui est le lieu où je vis tous les jours et où je dois, je dirai, nager. C'est là que Dieu m'a envoyé. Pas ailleurs. Mon évêque en a été le signe évident.

Il y a quelque chose d'étonnant entre une règle de vie très forte que je peux avoir et leur vie sans absolument aucune règle. C'est aussi un match passionnant parce que c'est bien de voir le mal tel qu'il est, mais en même temps ne pas céder aux tentations du mal qui effleurent du matin au soir.

Ce que je suis et veux être, ils le voient, le sentent et s'en réjouissent quelque part.

L'être humain, chrétien et sacerdotal que je suis, se doit d'être au plus haut pour les aider à s'extirper du plus bas.

Ils le ressentent très fort. Ils ont besoin des barres les plus hautes. Je dois les incarner avec mon équipe.

*

– *Être prêtre des loubards, c'est être, pour vous, là où ils sont. «Il est exclu au départ, dites-vous, qu'ils veuillent entrer dans l'Église.» N'est-ce pourtant pas à leur conversion que vous êtes appelé, et la conversion peut-elle passer ailleurs que par l'Église?*

– C'est une conversion au niveau humain, d'abord. C'est extrêmement caractéristique. Je l'ai appris, moi qui étais formé comme un grand évangélisateur, c'était très important de pouvoir savoir qu'il fallait d'abord changer la nature humaine. Aider les jeunes avec qui je vis. Vivre avec eux. Parler d'eux à Dieu, tous les jours avant de leur parler de Dieu.

Notre ferme, en Provence, est caractéristique pour cela. Le jeune dort à n'importe quelle heure, mange à n'importe quelle heure, ne sait pas où il habite, fait ce qu'il veut quand il veut – avant de nous rejoindre. Il arrive là-bas, il y a des règles extrêmement précises, des règles très fortes. Et ce sont ces règles-là, justement, qui permettent premièrement de savoir que le jour, ça existe, et la nuit aussi. Le jour c'est pour travailler, s'amuser et se réjouir avec d'autres; et la nuit, c'est pour dormir: on ne dort pas à 4 heures du matin et on ne se lève pas à n'importe quelle heure pour faire n'importe quoi.

Leur aptitude à soigner les bêtes à des heures très régulières est très importante pour leur intégration sociale. Les bêtes sont soignées à des heures précises, elles sont aimées. Levés le matin à 8 heures et demie, couchés le soir à 10 heures et demie, ils assument enfin un quotidien normal. La grâce de Dieu se branche sur l'humain. Et c'est dans l'axe de la journée où ils vivent qu'ils vont essayer de travailler, de jouer avec les bêtes, de les nourrir, de les soigner, etc.

La conversion, c'est d'abord qu'ils puissent changer de comportement. Les bêtes, c'est merveilleux de les toucher, de les voir vivre, de s'y intéresser et, par le biais des bêtes, de s'intéresser aux humains et de s'apercevoir que l'adulte, qui pour eux est toujours considéré comme un danger, ne l'est pas parce qu'il peut être chaleureux, aimant, vrai.

Mon équipe offre une chaleur humaine très forte, une grande patience, une grande autorité aussi, une grande persévérance, une grande espérance. Et je crois que c'est tout cela lié ensemble qui donne à ces jeunes la possibilité de découvrir un jour Dieu. Je dirai que cela, c'est leur problème personnel intime. Ce qui est quand même caractéristique, c'est que, à chaque messe que je fais, en Provence notamment, même s'ils ne croient pas ils viennent tous célébrer avec moi. Ils ne communient pas, s'ils ne sont pas chrétiens.

Mais de les voir tous groupés autour de l'autel est pour moi grâce insigne. Ils suivent les rubriques liturgiques avec précision. Certains avec onction. Le mystère eucharistique les saisit sans qu'ils s'en rendent compte. Musulmans, athées ou croyants vivent avec moi ce moment incomparable : faire descendre Dieu dans mes mains nues.

Ils posent souvent des questions sur Dieu et disent : « Je ne crois pas en Dieu, mais je suis très heureux de servir la messe et de voir comment les gens prient. » Donc, il n'est pas question de les exclure de cela. Il est question simplement d'être présent à ce qu'ils vivent.

Voilà, en gros. Mais qu'ils rencontrent Dieu Amour, c'est la hantise de ma vie. Il me reste à vivre de telle façon qu'à ma seule façon de vivre ils pensent que c'est impossible que Dieu n'existe pas.

*

– *Vous avez vécu treize ans en Algérie. Vous évoquez de belle façon le sens oriental de l'accueil, le sens de la famille, l'amour de l'enfant même non attendu, le respect pour le vieillard qui noie son dernier regard dans celui du nouveau-né. Mais vous ne cherchez pas à convertir les musulmans. Cependant, ne sont-ils pas appelés, eux aussi, à la plénitude de la foi, et ne pouvez-vous ou ne voulez-vous pas en être l'instrument ?*

– Oui, le monde musulman m'a apporté beaucoup de richesses. Le Coran est une lecture très belle, très très belle... enfin, tout n'est pas superbe dedans, mais il y a des pages absolument admirables.

Je n'ai jamais cherché à convertir les musulmans, car c'est toujours le même principe : vouloir convertir l'autre c'est vouloir, je dirai, le violer quelque part, le pousser dans ses derniers retranchements pour qu'il bascule dans notre Église. Je crois que ce n'est pas sain, cela. Et Vatican II a vomi le prosélytisme.

Les musulmans sont appelés à la plénitude de la foi aussi. De cela, je suis certain. Mais on en est l'instrument, l'instrument patient, l'instrument « qui vit avec », l'instrument qui n'oblige pas l'autre, mais l'instrument qui vit de telle façon que l'autre s'interroge, et l'autre peut justement basculer parce qu'il pense que dans notre foi il y a une plénitude telle qu'il ne la trouve pas dans sa propre religion.

Ce témoignage de foi est tellement incomparable par rapport à tant de vains discours, de parlotes ou d'échanges qu'on veut œcuméniques et qui ne font avancer, souvent, qu'en paroles. Je vis avec des jeunes Beurs, qui ne savent plus vers quelle religion se tourner. Ils me disent : « Je crois en Dieu », c'est tout. Hormis le ramadan, qu'ils font de plus en plus, et le refus de manger du porc, ils vivent sans secours religieux. Les évangéliser, c'est leur transmettre l'esprit de l'Évangile. Et surtout ne pas imposer ma religion. Mes impératifs de chrétien sont :

Mettez tout en commun.
Aime-toi. Aime l'autre. Aime Dieu.
Que ton oui soit oui, que ton non soit non.
Tolère, espère, pardonne.

*

– *Qu'il s'agisse de prêtres ouvriers, de prêtres éducateurs, d'aumôniers de toute sorte, le genre de vie de bien des consacrés, insérés dans le monde, les pousse souvent à oublier le Dieu auquel ils s'étaient d'abord donnés, à être au monde parce qu'ils sont dans le monde. Chez vous, au contraire, on sent une mise à part, une garde jalouse de soi, et l'implication dans la minute présente, loin de vous faire oublier le ciel, vous « donne un goût permanent d'éternité ». D'où vous vient cette grâce ?*

– Ce qui m'intrigue, m'étonne souvent, c'est – mes frères prêtres sont mes frères, et je les aime beaucoup – leur langage que je ne comprends pas, un langage technique, une façon d'être avec les gens qui est chouette mais à laquelle je n'adhère pas trop souvent.

Oui, il y a certains prêtres que je sens très bien pour ça. Mais d'autres sont pris dans un magma tel de sacrements à donner, des tas de choses que, finalement, on les sent bizarrement loin de Dieu, quelque part. Oui, je crois.

Personnellement, je m'implique dans une minute présente pour donner tout l'amour au moment où je le vis. Pour moi, le temps ce n'est pas soixante ans, c'est vingt-quatre heures. Pendant vingt-quatre heures, je dois donner l'amour, tout l'amour possible. Et le soir, quand je m'endors, eh bien je dis : « Seigneur, écoute, maintenant Tu Te démerdes parce que j'ai fait tout ce que j'ai pu. » Mais je suis heureux d'avoir donné tout ce que je pouvais donner durant cette journée.

Aller de jour en jour est une grâce extraordinaire. Si j'ai reçu cette grâce, tant mieux. Et partager avec mes frères prêtres aussi tout ce que je dois partager, en vivant avec eux une fraternelle solidarité. Vivre dans le monde tout en n'étant pas du monde. Vivre comme signe d'amour, vivre en montrant l'au-delà, dans le silence de sa vie, mais en même temps ne pas faire de prosélytisme. Mais vivre totalement englouti dans les vingt-quatre heures. Je prêche là-dessus parce que je crois que l'on ne peut vivre la plénitude que dans les vingt-quatre heures quotidiennes. La sainteté pour vingt-quatre heures, c'est ma passion. Hier, je m'en contrefous. Demain, c'est pas encore mon problème.

Beaucoup de gens passent de vingt-quatre heures en vingt-quatre heures, sans s'y impliquer. Ils arriveront à la fin de leur vie en se demandant ce qu'ils ont foutu parce qu'ils ne se sont pas impliqués dans la minute présente, dans le fameux « Donne-moi aujourd'hui le pain du jour » du « Notre Père ». Le Seigneur n'a pas dit : « Donne-moi pour vingt ans, pour une semaine ou pour trois mois », non : « Donne-moi aujourd'hui le pain du jour. »

Il donnera la force à tous ceux et celles qui Lui demanderont. Et l'amour, et la joie et la paix... et l'humour, la si belle fleur de Dieu.

*

– À vous lire, on a parfois la tentation de vous placer dans un camp, et pourtant vous échappez aux camps.

Vous reprochez à l'Église une certaine connivence avec l'argent, et vous lui demandez de retrouver la virginité des Béatitudes. Vous voudriez une Église plus dépouillée, mais vous n'aimez pas les liturgies sauvages, et vous redonnez vie, en Haute-Provence, à la procession de Saint-Christophe.

Dans le domaine social, vous condamnez l'exclusion, l'inhumanité des prisons, mais vous évitez les pièges du marxisme qui voudrait faire du Christ le Jean-Baptiste de Marx, et des opprimés d'aujourd'hui les oppresseurs de demain.

En matière d'amour, vous prêchez la charité à l'égard des divorcés, à l'égard des homosexuels, et par ailleurs vous êtes un partisan acharné du célibat ecclésiastique, et un apôtre passionné de la vie, au point d'être le père par l'esprit de plusieurs enfants que vous avez sauvés de l'avortement.

Bref, êtes-vous vraiment un prêtre irrécupérable ?

– Prêtre irrécupérable, ça, sans doute que je le suis. Je ne me place pas dans un camp, dans l'Église. J'aimerais que l'Église soit évidemment infiniment plus violente qu'elle ne l'est, dans ses termes et dans sa vie, vis-à-vis de l'argent.

L'image du Vatican, par rapport au monde des petits, des pauvres, est une espèce d'injure. Dans ce palais somptueux où vit le plus grand parmi les égaux, c'est-à-dire Jean-Paul II. J'aimerais une Église beaucoup plus dépouillée. Ah oui !

L'image du Vatican n'a rien à voir avec la pauvreté de Jean-Paul II, son don total et sa simplicité. Mais le décor dans lequel il vit masque l'Évangile. Tant d'athées nous le renvoient à la gueule. Écoutons-les !

Effectivement, je n'aime pas les liturgies sauvages parce que les gens ne trouvent pas de repères. Il faut garder la liturgie comme elle est, mais l'adapter, lui redonner vie. La procession que je cite souvent, abandonnée depuis une cinquantaine d'années, que j'ai refaite depuis vingt ans, a une formidable portée. Elle est enracinée dans la profondeur de la Haute-Provence et apporte à nos jeunes lumière et joie. J'essaie d'allier le moderne et l'ancien. Et ça, c'est très beau : lier l'ancien et le moderne. Ne rejeter personne. Rassembler toujours. Les anciens retrouvent les dalmatiques de leur enfance et le latin de leur jeunesse.

Les jeunes adorent s'habiller avec les vêtements du temps de Mgr Lefèvre. Mais en même temps, une liturgie très moderne, très adaptée avec de la musique moderne et de la musique religieuse. Tout ça, c'est superbe.

J'ai inventé avec les gens, avec des anciens, avec des loubards, avec des jeunes de passage, des jeunes estivants. Mais finalement ce cocktail est beau, semble-t-il, puisque les gens s'accrochent vraiment à cette chapelle quand je vais là-bas. Donc, c'est signe qu'on a trouvé ensemble des tas de choses qui sont très chouettes, puisque chacun et chacune accourent quand la cloche fêlée annonce la prière. Et que la chapelle est toujours bondée. Curé heureux je suis : mon église est toujours pleine. Et pour les païens qui viennent et restent à distance respectueuse, je mets la sono dehors. Ils adorent ça. Ils se sentent aimés... dehors. Puisque c'est là qu'ils sont.

Je condamne l'exclusion et je condamne aussi toutes formes d'oppression politique, marxiste et autres, qui disent qu'elles libèrent les opprimés mais qui, finalement, les oppressent et tuent la liberté.

Évidemment j'ai une grande tendresse pour les divorcés parce qu'ils sont laissés sur les autoroutes de l'Église. Pour les homosexuels qui souffrent beaucoup, ils ont besoin de paroles d'amour plus que de condamnation.

Et puis le célibat ecclésiastique, j'en suis un partisan acharné, oui, parce que je pense que c'est vivre l'amour, montrer dans le monde d'aujourd'hui – alors qu'on accole partout à côté du mot « amour » le mot « sexe » – qu'on peut vivre l'amour sans passer par le sexe. C'est très difficile, mais c'est aussi une très grande valeur à vivre et mes jeunes sont très sensibles à cette valeur, parce qu'ils voient que c'est le don au service d'eux d'abord, et que ma vie d'amour leur est donnée. Je crois que c'est important. Important aussi que l'Église ouvre la porte à des hommes mariés, pour le sacerdoce. Ça ne détruira pas le célibat, ce trésor inestimable. Mais qui fera l'Eucharistie dans vingt ans ? Qui ?

Je suis confronté à des problèmes comme l'avortement et d'autres. Ce sont des problèmes extrêmement complexes dans la rue, et je me dois de sauver des vies. Il m'est arrivé plusieurs fois de dire à des filles : « Écoute, si tu veux, je prendrai ton môme. » Quand la fille a été violée et veut se faire avorter : « Je prendrai ton fils ou ta fille. » Il est arrivé qu'on me le donne. Un merveilleux miracle de la vie, ça !

Ce sont les enfants de mon amour. Je baise pas, OK ! Mais ma vie est peuplée de tant d'enfants sauvés de la mort et qui font la joie de leurs parents.

Cette mère qui m'avait dit : « Je ne reverrai plus mon enfant, Nathalie, mais quand je verrai ton regard, je serai sûre qu'elle est heureuse. Mais tu ne m'en reparleras plus quand je te reverrai. »

C'est cela mon sacerdoce. Un sacerdoce étrange, qui n'est pas unique mais qui est quand même très particulier par sa façon d'intervenir. Mais je suis bien en plein dans l'Église. Non pas en dehors de l'Église, mais en plein cœur de l'Église. Elle est putain, marâtre et sainte. Je suis un pécheur, un pauvre con. Mais le Seigneur, avec ma force et surtout mes faiblesses, me met au cœur de l'Église pour la faire aimer.

*

– Vous sentez bien que nous sommes dans une société profondément déchristianisée. Une des raisons (ou des conséquences) est peut-être l'excès d'avoir et l'insuffisance d'être. Comment un monde gorgé de toutes les nourritures terrestres et sevré de nourritures spirituelles pourrait-il avoir faim de Dieu ? Et pourtant

vous dites souvent combien les hommes, et surtout les jeunes que vous rencontrez ont soif de Dieu, même si cette soif est inavouée et inconsciente.

Est-ce plutôt chez les pauvres et les exclus que vous avez trouvé cette soif? La pauvreté et l'exclusion ne sont-elles pas, à leur manière, une grâce? N'est-ce pas au fond de l'abjection, quand manquent toutes les ressources humaines, que l'on peut le mieux retrouver la grâce, comme le bon larron, premier saint canonisé par Dieu Lui-même?

– Soif de Dieu, évidemment, des jeunes de ce temps.

Nous sommes dans une société d'« être » et de « paraître ». C'est une grande carence de notre société. On existe parce qu'on possède, on existe parce qu'on paraît.

Il faut absolument attaquer sur ces deux plans-là, l'avoir et le paraître. Une société qui ne pense qu'à posséder et à paraître doit savoir que l'essentiel d'un être, c'est ce qu'il est et non pas son poids lourd de dollars, ou de bâtiments, ou de bagnoles, etc. Le monde européen d'aujourd'hui, justement parce qu'il est gorgé des nourritures terrestres, a infiniment besoin de Dieu. Parce qu'il ne trouve pas dans les biens terrestres les réponses à ses questions : « Qui suis-je ? » « Où vais-je ? » et « À quoi je sers sur terre ? » D'où une recherche de plus en plus grande dans les milieux les plus riches, parmi les jeunes BCBG, de Dieu.

Mes jeunes ont soif de Dieu aussi, mais différemment, parce que, eux, ont été abattus par la souffrance. Ils ont vécu des choses terribles. Et ce sont leurs questions : « Pourquoi, moi, j'ai été battu ? », « Pourquoi j'ai été martyrisé ? », « Pourquoi j'ai été enfermé dans un placard pendant des mois ? », etc. Voilà : pourquoi ? pourquoi ?

Ils ont une grande soif d'amour. Le jeune qui a été aimé par ses parents n'a pas la même soif d'amour puisqu'il l'a reçu. Tandis que les jeunes avec qui je vis ont une soif d'amour immense. Et cette soif d'amour, c'est pour moi une rencontre permanente avec Dieu tous les jours en les rencontrant.

La pauvreté, l'exclusion ne sont-elles pas à leur manière une grâce ?

On ne peut pas dire que c'est une grâce. Le dénuement est une grâce quelque part : le dénuement voulu, pas le dénuement qu'on impose, évidemment. Être exclu n'est pas une grâce. Non. Simplement, c'est un état duquel on veut sortir. Mais, peut-être à cause de ce dénuement, quand on n'a absolument plus rien, on n'a même pas le minimum vital, à ce moment-là Dieu est certainement au cœur de la personne beaucoup plus qu'à aucun autre moment. La présence de Dieu qui est en eux, je la sens quasi physiquement.

En prison, je vois des prisonniers qui ont découvert Dieu parce qu'ils étaient démunis de tout. Ailleurs, c'est le hold-up, c'est la richesse, c'est l'argent, c'est le vol, etc. Et puis d'un seul coup, dans l'anéantissement d'une cellule de prison, c'est une découverte extraordinaire que Dieu peut leur faire. Plus de sous. Plus d'amitié. Rien. Seul.

Dieu aime le plus pauvre d'une manière préférentielle, c'est lui qu'Il sauve d'une manière prioritaire. Et c'est dans ce sens-là que, avec les plus pauvres, quand on vit une forte spiritualité, on sent Dieu sourdre d'une façon étonnante. Il est en eux et elles de façon extraordinaire. Quasi physique.

*

– Vous célébrez souvent Marie, « la fleur la plus somptueuse de Dieu ». Vous êtes né sous le signe de la Vierge : y voyez-vous un symbole ? Ou bien ce culte marial rejoint-il le service des humbles et des pauvres, comme en témoigne votre prédilection pour Noël, et sa raison secrète peut-être qu'un de vos jeunes la devine : « Alors, vous, chrétiens, vous nous avez volé Noël ? »

– Oui, je suis né sous le signe de Marie, puisque je suis né un 12 septembre... J'y vois un sourire de la Vierge.

J'aime beaucoup la Vierge parce que, premièrement, on me l'a appris jeune, cet amour de Marie. J'aime bien réciter le chapelet, le rosaire, prière des pauvres. J'aime bien aussi, sans cesse, revenir aux mystères que nous avons, nous chrétiens, notamment Noël, le symbole de la pauvreté, du dénuement. Ah oui, j'aime beaucoup.

Ce jeune qui avait dit un jour : « Vous, chrétiens, vous nous avez volé Noël ! »... Oui, c'est exact, ça. D'année en année, on leur vole Noël. Mais on ne leur volera jamais Noël le jour où on est tellement proche d'eux qu'à ce moment leur misère, leur pauvreté passe en nous et c'est là qu'on peut vraiment la comprendre et la partager, donc les aider à s'en sortir.

*

– Il y a des récidives, des rechutes parmi les jeunes que vous croyiez avoir sauvés. Mais rien ni personne ne peut, semble-t-il, vous décevoir vraiment. N'est-ce pas qu'on n'est déçu que si l'on a mal espéré ? Et que la confiance, cette qualité de l'espérance, ne vous manque jamais ? Vous faites souvent, dites-vous, des chèques en blanc.

En somme, n'est-ce pas que si l'on se trompe de pauvres, on ne se trompe pas de Dieu ?

– Oui, il y a des récidivistes parmi nos jeunes : quand on les prend à quinze ans, quand ils ont déjà un passé terrifiant, ce n'est pas en quelques mois qu'on peut les aider à résoudre des problèmes géants.

Mais ma passion de Dieu fait que je ne baisse pas ma garde et je crois toujours à l'espérance. Seule ma passion de Dieu peut ça. Dieu est Amour et Espérance. Et dans le pire des abîmes où on peut être jeté, la pire des catastrophes où on peut être englouti, si on sait que Dieu est Amour, Dieu est Espérance, Dieu est vivant, alors on n'a peur de rien.

Mais vivre à leurs côtés, vivre à côté de ces jeunes depuis trente ans, c'est aussi, par le don de Dieu, pouvoir gratter longtemps à travers une écorce extrêmement difficile, à travers la boue, à travers des aspérités énormes. C'est penser comme ce proverbe arabe que j'aime bien citer: «Fends le cœur de l'homme et tu y trouveras toujours un soleil.» Au niveau humain, garder l'espérance coûte que coûte. Appeler Dieu à l'aide, c'est lui donner une force pas possible.

Jean-Paul II disait cette parole admirable que je cite souvent parce que je la trouve très belle: «Si vous avez l'amour et si cet amour, vous voulez qu'il vienne de Dieu par votre prière, par le lien que vous faites avec Dieu, alors vous êtes invincibles.» C'est une très belle parole. Elle m'a donné un militantisme dingue.

*

– *Un des dogmes auxquels vous êtes le plus attaché est celui de la communion des saints. Vous dites joliment que vous vous couchez apaisé, à 4 heures du matin, parce que alors moines et moniales se lèvent pour prier, prenant la relève.*

La prière, depuis le rosaire jusqu'à la haute contemplation, vous aide et vous porte.

Est-ce le secret de votre force, et le gage irrécusable que l'œuvre que vous avez entreprise ne mourra pas?

– Oui, la communion des saints, pour moi, est très importante. J'ai enterré cinquante et un jeunes en l'espace de trente ans, morts de mort violente.

Voir une dernière fois le visage de ce jeune, beau, qui avait toute la vie pour donner et recevoir. Et le voir dans un cercueil, c'est souvent terrifiant. Mais en même temps, c'est pour moi une communion très forte avec tous ceux et celles que j'ai accompagnés jusqu'au dernier moment. Et j'en ai peu accompagné parce que souvent ils meurent de mort violente : une rixe, une bataille, ou alors un suicide ou une overdose.

Mais la communion des saints aussi, c'est la communion avec tant de gens. J'aime bien passer quarante-huit heures, tous les dix jours, dans un monastère pour pouvoir réfléchir, prier et être à côté des moines ou des moniales pour pouvoir sentir la présence du Seigneur à travers eux. Et ça, c'est essentiel. Oui, ça s'appelle la communion des saints. Ça s'appelle croire que des religieux qui prient jour et nuit, puisque telle est leur tâche d'Église, sont essentiels à ma survie sacerdotale et m'aident à marcher dans les rues de Paris... alors que par moments je ne sens plus mes guiboles. Je les sens d'un seul coup fortes, alors je me dis : « Ça, c'est un religieux ou une religieuse qui est en train de prier pour moi à ce moment-là. »

Oui, je crois que c'est une grande force. Je n'ai pas la certitude que l'œuvre que j'ai entreprise ne mourra pas. Elle peut mourir. Ma mort, j'en ai rien à foutre. Mais l'important, c'est d'avoir semé l'amour durant tout le temps de la terre parce que je crois que c'est le plus grand témoignage qu'on peut donner. Semer l'amour. Donner cette grâce d'amour qui m'a été donnée, la donner aux autres par la puissance de ma vie. Dieu fera le reste et continuera après moi à faire fleurir, où Il le veut, avec qui Il le peut et quand Il le veut.

Et sans le vouloir, en étant simplement. C'est-à-dire en étant si proche du cœur de Dieu que Dieu ne peut pas ne pas écouter ce qu'on Lui demande. En pensant que tout ce que je vis c'est la puissance de Dieu seule qui me le fait vivre et que, parfois, ce sont des petits miracles que je vois vivre autour de moi, avec mes jeunes, après un travail, un labourage terrible, je les vois se sortir de merdes épouvantables. Je me dis à ce moment-là : c'est l'œuvre de Dieu. Dieu passe en nous sans que nous le sachions. Simplement, à nous d'avoir cette spiritualité géante pour être accrochés à Son cœur. Alors, comme à Dieu tout est possible, Dieu ne résistera pas à l'appel que nous faisons de façon permanente vis-à-vis de Son cœur, en disant : « Je ne suis pas grand-chose, mais Toi Tu peux tout. J'ai essayé, je n'ai pas réussi. Mais Toi Tu peux. » Dieu ne peut pas résister à cet appel-là.

Je crois infiniment à cette parole : « Un seul acte d'amour fait grandir le monde. »

Moi, toi et la myriade des êtres.

C'est toujours le même choc

Il s'est avancé timidement et il m'a tendu, comme tant d'autres, une photo jaunie. J'étais en troufion à ses côtés quelque part en Algérie, il y a trente-huit ans.

Combien d'anciens d'Algérie me suivent de loin... Et puis un jour, au cours d'une conférence dans leur ville, pour rien au monde ils ne louperont les retrouvailles que je partage avec la même joie.

Ils me présentent leurs gosses adultes et leurs petits-enfants.

C'est toujours le même choc car c'est l'occasion d'un bref retour sur ma vie.

Le célibat que l'Église m'a imposé et que j'ai accepté n'a jamais été, pour moi, évident, allant de soi et, une fois décidé, résolu. Loin de là. La tendresse humaine m'a toujours manqué. Mais en même temps sans regrets. Sans nostalgie. On ne peut pas tout vivre : le célibat et le mariage.

Le don total de soi aux autres porte en lui-même une telle force, un tel appétit de vivre et de faire vivre, qu'il permet d'admirer la vocation familiale de celui qui a fait son nid, a couvé et guidé le vol de ses oisillons vers le grand large. Et sans l'envier.

Ma paternité n'est pas physique et pourtant elle l'est quelque part. Élever d'innombrables jeunes que je n'ai pas faits mais que je bâtis à la sueur de mon corps et de mon cœur pour qu'ils puissent trouver le chemin de l'amour, le seul chemin de vie, est aussi une sacrée paternité. Nourrir, loger, soigner, aimer, donne à un célibataire une qualité de paternité inestimable. Et, surtout, pour tout prêtre appelé au plus haut, au plus large, au plus profond, au plus universel, c'est une aventure telle que les années passent riches, exaltantes. Comme un rêve.

Drewermann semble avoir de sérieux comptes à régler avec l'Église des célibataires. Dans son dernier livre, il pourfend, à coups de hache, le célibat mal préparé et mal vécu, selon lui. « Seul un être épanoui peut faire du bien » est sa conviction fondamentale. Exact. Mais le célibat peut épanouir sans forcément refouler. « On ne peut éduquer à l'amour en apprenant à le fuir. » Exact aussi.

Mais si renoncer à l'amour d'une femme est une mutilation affective, on peut vivre aussi un autre mariage d'amour : au service de la Parole. Et peupler sa vie d'une innombrable famille.

Cette mutilation, si elle est souffrance acceptée, sublimée, peut être joie sans pareille.

Le choc des retrouvailles avec mes copains de service militaire me conforte dans cette joie.

Eucharistie hors frontières

L'aumônier d'une grande prison parisienne me demande d'aller célébrer l'Eucharistie pour ses ouailles. J'y fonce. Quartier particulier s'il en est, là où on me demande de dire la messe. Les travestis côtoient les matons ou flics compromis dans des affaires. S'ajoutent des adultes, notamment des violeurs, qui, pourchassés par les autres détenus et donc en danger, demandent d'aller dans ce quartier réservé. Ambiance chaude, amicale et détendue.

Arrive le baiser de paix. J'invite l'assistance à se saluer amicalement au nom du Christ. Au premier rang, un inspecteur tend la main à un travesti : « Jamais de la vie je te serrerai la pince, espèce d'enfoiré ! » lui décoche l'homme-femme aux seins proéminents.

Vexé, l'inspecteur s'assoit. Je souffre de voir le geste refusé entre parias, parmi les pestiférés. Dans ces lieux qui suintent la désespérance et la peur, Dieu amour, plus qu'ailleurs, a besoin de descendre.

Inoubliable messe dans une concentration de trois mille motards, à Saint-Lô. J'y vais régulièrement bénir, dans l'ordre, motos, mecs, femmes, enfants et, occasionnellement, le clébard qui trouve une place on ne sait où sur le bolide.

Le soir, défilé superbe aux flambeaux, devant tous les habitants de la ville. Conférence où les cuirs se tassent dans une salle comble, vibrante et hyperfraternelle.

On se couche tard, très tard. Le matin, je demande

à Louis, l'aumônier du rassemblement, où on dit la messe. « Où tu veux. – J'invite les motards ? lui demandai-je. – Si tu veux, mais y aura pas un chat. » Je tente, avec son accord, de débusquer les chats. Appel loubard à la radio du camp avec, à l'appui, les cloches de Rome balancées dans tout le camp. « Seul avec le Christ, pendant la messe, ça craint ! Si vous voulez venir, on prie ensemble. »

Je commence... cent cinquante motards arrivent, gauches, le mégot à la lèvre, la bière à la main. J'abrège le canon de la messe et j'arrive au « memento des morts »... Je prie l'assistance de nommer les copains ou copines morts ou accidentés sur la route. Les intentions se multiplient. Intenses, fortes, terribles parfois... « Curé, prie ton Dieu pour Fred qu'une ordure a tué en brûlant un stop. Prie pas pour le tueur, mort aussi. » Le memento dure vingt minutes.

Des liens importants se sont noués après cette messe. Depuis six ans, tous les ans, des dizaines de motards viennent nous rejoindre pour une grande fête à notre bergerie. En longue procession, ils m'accompagnent le dimanche pour la messe du village.

Cette horde pétaradante partage, sans le savoir, le fantastique geste créateur du Christ. Chacun de nos jeunes jubile derrière la moto de chaque motard.

Si le mystère que je vais célébrer les dépasse, ils sont sans s'en rendre compte au cœur du partage que je vais accomplir. Ils restent toujours dehors en écoutant la sono.

Plus que jamais, ce jour-là, je fais descendre l'Amour dans mes mains nues en partageant la joie qui emplit mes « paroissiens » hors frontières.

Faire le pas

Quand il est entré dans la permanence, j'ai noté tout de suite la pâleur extrême de son teint et ses yeux de quinze ans d'un bleu profond. Des yeux aux abois. Ceux d'un faon abandonné et vidé de ses forces.

Il n'était pas abandonné. Mais une grave rupture avec ses parents l'avait plongé dans l'abîme. Il ne vivait plus dans la maison familiale. Il se terrait dans une cabane du jardin. Il s'alimentait grâce à ses raids nocturnes vers le réfrigérateur parental. Il refusait tout contact avec ses géniteurs. Très intelligent, il continuait heureusement ses études.

Une tentative de suicide l'avait vidé de son sang. Il en avait réchappé *in extremis*. En sortant de l'hôpital psychiatrique, une copine lui a passé un de mes livres. Il avait cherché sur son minitel mon adresse, juste après l'avoir lu.

Il est là, exsangue, cherchant ses mots pour me dire son désarroi. Il part aussitôt à la Bergerie de Provence. Aussi différent des loubards qu'on puisse l'être, il s'est très vite réfugié au milieu d'eux sans problème. La violence des jeunes le frappe. Son silence les impressionne. Sa capacité de travail aussi. Petit génie en informatique… il devient un amoureux des ovins. Passionné, créatif, il a vécu plusieurs mois dans ces gorges superbes, tout à son amour des agneaux qui le lui rendent bien.

Je le confie à une famille d'accueil. Il continue ses études. Patient, j'essaie de l'aider à renouer avec ses parents. Bloqué, il refuse. Je tente seulement un repas au restaurant. Très dur moment ! Ses parents devant lui, il est assis à côté de moi. Quand son père lui pose des questions, il me répond, sans le regarder. J'ai l'air de l'interprète écoutant une langue étrangère qu'il maîtrise mais qu'il ne peut transmettre. Repas supplice, s'il en fut, dans ma vie...

Sept ans après... je me retrouve un soir à la table familiale, invité par Olivier, au milieu de tous les siens et de sa famille d'accueil. Moment intense d'émotion.

Je reparle très vite du passé.

On discute de ses études d'ingénieur.

La joie des retrouvailles efface tout. Elle fait oublier le cauchemar des parents. Elle efface tant d'années où Olivier souffrait atrocement et faisait souffrir.

Il veut partager un jour ma tâche à la Bergerie pour donner à son tour ce qu'il a reçu. Gros problème pour lui : il risque de se couper de son niveau très performant dans l'informatique.

Je regarde l'enfant prodigue en souriant, remerciant Dieu d'avoir résolu le plus gros problème de sa jeune vie : faire le pas pour retrouver ceux et celles qui l'attendaient.

Guerre totale contre l'exclusion

En première ligne...

Alain est là devant ma porte. Il s'appuie contre le mur d'entrée. Il n'en peut plus. Son bras pend, inerte, paralysé. Sa jambe le soutient à peine. C'est suite à une tentative de suicide, il y a seize ans, lorsqu'il trouva en rentrant du travail un mot sur la table et son gosse de deux ans, hurlant de faim. « Je te quitte. Adieu », avait griffonné sa femme. Alors il a pris sa carabine, s'est couché sur son lit à côté du bébé et il a appuyé sur la détente. On l'a retrouvé vingt-quatre heures après. Il était juste temps.

À vingt ans, le corps fait des merveilles. Et la présence d'un gosse peut faire des miracles. Alain boitait, mais travaillait, s'acharnait. Son Yann bien-aimé le soutenait. Sa femme est revenue et a kidnappé le gosse. Il a commencé à boire et a stoppé tout travail. Le juge a tranché en sa défaveur. Alain n'a plus eu la force de revoir son petit, devenu maintenant adolescent. Drogue, clochardisme, alcool ont suivi presque aussitôt le jugement. Sa santé s'est détériorée peu à peu.

Il est là, son visage d'exclu appuyé contre la porte. Hagard, exténué. « Je sors de l'hôpital. Je ne suis rien. J'en peux plus. Je descends. Je descends », me souffle-t-il. Il ajoute : « Aide-moi à faire ma carte d'identité. Je veux toucher mon RMI. Je ne te demande pas de fric. » Je lui en donne, discrètement. Il le redonne aussi discrètement à mon adjoint, avant de repartir.

La réaction d'Alain dans cette descente aux Enfers est bonne.

Il vient chercher la main qui l'empêchera de sombrer définitivement. L'importance qu'il attache au revenu minimum d'insertion est essentielle. Lui, l'exclu, a un droit. Celui de survivre. Il entend réclamer ce souffle de vie. S'il reste caché, seul avec sa détresse, tout est foutu.

Combattre à ses côtés et auprès de tant d'autres me met avec mes compagnons en première ligne dans cette guerre terrible contre l'exclusion.

C'est un péril intérieur majeur dont la France n'a pas pris la juste ampleur.

Péril qui s'amplifie inexorablement. Un ennemi qui envahirait la France de l'extérieur nous mobiliserait aussitôt. Cette exclusion rampante, envahissante de tant d'entre nous, nous laisse amorphes, démunis, habitués.

Téléthon... piège à cons...

Le Téléthon est la meilleure manière de traiter l'exclusion de façon affective.

Soulevant l'émotion par des détresses affichées avec grand fracas, le Téléthon permet aux Français de se sentir généreux et participants à la détresse d'autrui, l'espace d'un moment.

Le riz de Somalie, les camions pleins à ras bord roulant vers l'ex-Yougoslavie, tout cela concourt à réveiller quelques instants le cœur étouffé par l'égoïsme des affalés devant la télévision aux foies engorgés.

Ne crachons pas sur cette générosité de passage, même si elle est piégée et biffe la source des maux. Allons plus loin, simplement. Et plus haut et plus large et plus profond. Aucune prouesse humanitaire ne vaudra notre acharnement de fourmis à donner aux exclus la possibilité de participer à la vie sociale.

Se pencher sur les exclus, c'est les enfoncer

Les jeunes exclus de partout, et dont j'ai la responsabilité avec treize coéquipiers, n'ont pas besoin de prise en charge, d'assistance. Ils en sont gavés quand ils nous arrivent. Ils luttent seuls contre tous parce qu'ils sont dispersés. D'où leur désespoir et la violence instinctive qui en découle. J'aime entendre la réaction de ce juge, il y a peu : « Mais qu'est-ce qu'il a changé ! » ne cessait-il de me répéter. Effectivement, six mois auparavant, le juge avait vu le jeune qui allait m'être confié, sauter sur son père dans son propre bureau. Passons sur les audiences du tribunal où l'affrontement était de rigueur, le juge n'ayant comme recours que l'expulsion immédiate et les peines majorées !

Nous ne sommes pas des hommes et des femmes miracles. Mais tisser des liens communautaires avec ces jeunes et entre eux, les aider à s'exprimer tous azimuts, c'est les sortir absolument d'une solitude où ils s'enfoncent, s'autodétruisent et détruisent.

Se pencher sur eux serait les enfoncer. Leur tendre la main et ne jamais la lâcher, c'est les aider à recréer des liens sociaux.

Cela ne va pas de soi.

Sans leur participation, ils ne sortiront pas de leur ghetto.

Bertrand, quinze ans, m'est confié dernièrement. Avachi sur sa chaise, il fait semblant de dormir dans le bureau du juge qui avait convoqué tout un aréopage d'éducateurs n'ayant qu'une envie, celle de me fourguer le jeune. « Refuse tout travail. Refuse de se lever le matin. Exerce une influence pernicieuse partout où il passe. Fugue continuellement. Trafique avec des dealers. Va chercher la came à l'étranger. » J'écoute la longue litanie me faisant part de l'exclusion dans laquelle se complaît Bertrand.

Il part pour la Provence. J'attends anxieusement

des nouvelles. Rien pendant huit jours. J'arrive là-bas, vraiment étonné. Évidemment un premier conflit, dès le premier matin. Un jeune-ancien, Nordine, a mis les pendules à l'heure tout de suite : « Non, mon pote, tu te lèves. Je ne ferai pas ton boulot à ta place. » Quand on sait ce que Nordine nous en a fait baver il y a huit mois, on salue sa performance vis-à-vis du jeune nouvel arrivé.

Le premier rapport d'échange avec l'ancien a été assez fort pour faire entrer Bertrand peu à peu dans une vie communautaire d'où il s'était exclu partout. De plus, l'histoire de vingt et un ans de vie commencée sur une ruine le fait entrer progressivement dans la longue cohorte des bâtisseurs de la Bergerie. Avant de quitter la ferme, je voyais Bertrand s'acharnant à ramasser le fumier des chèvres et j'entendais Nordine lui dire : « Cool, Bertrand, cool. N'en fais pas trop. On a le temps. »

Miracle de la communication. Rien n'est acquis, évidemment. Mais les premiers jours de participation augurent bien de demain. L'exclu qui lutte à côté des autres n'est plus exclu. Quand un être humain se sent utile pour lui et les autres, tout est bouleversé en lui. Il n'est plus une pierre oubliée dans un chantier. Il est pierre d'un immense édifice.

Le travail fait partie de l'identité

Le libéralisme sans frein, loi du marché, auquel s'est convertie la gauche et que la droite continue, nous coupe en deux. Il y a ceux qui bossent. Tout est possible pour eux. Ils se réalisent. Ils ont le pouvoir. Ils décident. Ils partent en vacances. Ils savent faire fructifier leur argent dans les opérations de bourse. Tout leur est possible.

Et il y a les autres, ceux qui courent d'ANPE en demandes d'emploi. Ils comptent leurs paquets de cigarettes. Pas de loisirs. Attendre. S'enliser. Désespérer. Les jeunes s'appuient aux murs. Ils se droguent. Un marché énorme court de banlieue en banlieue. Combines, vols, deals... Ceux-là encore réagissent, mal, très mal. Mais réagissent.

Charles Pasqua, notre ministre de l'Intérieur, considère à tort que le mal numéro 1 en France est la drogue !

Les milliers de jeunes qui se droguent ou dealent ne se comporteraient pas ainsi s'ils avaient du travail, un avenir, assez d'argent pour vivre.

Le spectacle qu'offrent nos rues, nos métros, nos places, nous montre l'étendue de l'exclusion, du manque d'espoir et de ressort. Seule réaction : la main tendue vers la foule, qui s'arrête parfois, regarde rarement les yeux au bout des doigts.

La noblesse d'une vie, les idéaux qu'elle suscite passent en grande partie par le travail. Sans travail, on perd une partie de son identité. Certains y perdent tout. D'autres se suicident.

On ne sait plus partager

Il nous faut réapprendre à partager. On accuse nos gouvernants, quels qu'ils soient, de se foutre de nous. À tort ou à raison. On ne comprend rien à leurs plans, leurs contre-plans. Leur parler de technocrates nous en fout plein la vue pour pas un rond. Un exemple récent, merveilleux de clarté, de spontanéité, puisé dans la grande presse, pour nous informer par la voix de notre Premier ministre :

« Les contribuables doivent comprendre la nuance entre le collectif budgétaire qui portera sur vingt milliards d'économies dans le budget 1993, mais ne comportera pas de hausse d'impôts, et les moyens financiers qu'utilisera le gouvernement pour combler le déficit des comptes sociaux (...) et qui aboutira à une hausse de la fiscalité directe ou indirecte. »

Merci, Édouard, on a tout compris...

On vote au radar ou pour la gueule ou pour punir nos élus. La machine politique s'enlise dans des luttes honteuses pour le pouvoir. Chacun y va de son big bang qui nous fait tendre l'oreille… et on passe à autre chose. Nécessaires politiciens. Mais hommes et femmes à qui il manque tragiquement l'oreille et le cœur de tous ceux et celles qui sont les largués de notre société. Il nous faut réapprendre à partager par petites communautés. Multipliées, elles peuvent favoriser une révolution sociale considérable.

Seuls, des hommes et des femmes qui disent non à l'exclusion, à la délinquance, à la pauvreté, aux drogues multiples qui nous envahissent, gagneront. Pas de leaders politiques à leur tête. De petites équipes unies, fortes, ne cherchant ni le pouvoir ni à institutionnaliser les pistes découvertes, changeront la vie autour d'eux.

Ces retraités du sud de la France, nantis et heureux, qui s'unissent afin de payer à plein temps un jeune sans travail, pour réparer une clôture chez l'un, faire le jardin chez l'autre, réparer les tuiles du toit du troisième couple, m'apportent une sacrée bouffée d'oxygène. Ces idées créatrices multipliées donneront un sens à la vie Des militants, jeunes ou anciens, doivent se lever pour épauler et apporter l'espoir en actes.

L'initiative personnelle et locale ne peut se passer d'une formidable et urgente impulsion politique. Une grande loi (pas une loi qui va loin), seule, sera apte à construire dans la durée un seuil de sécurité au-dessous duquel personne ne doit tomber.

Si on mettait autant d'énergie à partager avec les rejetés d'une société qu'on met à lutter pour son bien-être, il n'y aurait plus un pauvre en France, septième pays le plus riche du monde.

Le pouvoir et l'argent sont les plus grandes drogues de notre temps. Les hommes politiques qui s'acharnent tous les six mois à élaborer un plan nouveau pour s'attaquer aux hallucinogènes refusent d'aller en amont et pénalisent les plus pauvres qui, faute de rêve, d'identité, de travail, d'idéal, se jettent dans tout ce qui leur fait fuir le présent. « Non, Charles, ce n'est pas la drogue qui est l'ennemi public numéro 1. »

Exclusions multiples

Le mec en taule est exclu de tout. Il ne peut organiser sa vie, son temps, son argent. Il ne vote pas ou, s'il le peut, il n'en a pas les moyens. Il ne peut se syndiquer. Immense cohorte de plus de cinquante mille exclus qui sortent exsangues de prison, avec le boulet de l'incarcération qui les suit comme leur ombre.

Faire sortir Jean de prison, avec comme pécule 5,60 francs, sans soutien, sans recours, sans famille, c'est le condamner à une récidive rapide et inéluctable. Ça n'a pas tardé. Huit jours après, il revenait derrière les barreaux.

Exclure un parent de sa famille, c'est le condamner à petit feu.

Rompre l'amour qui avait illuminé sa vie, c'est condamner ses enfants à se fissurer secrètement.

Exclure le divorcé remarié de la communion qui est force de vie, c'est dire à un malade faible et sans forces : « Tu n'as pas le droit aux vitamines qui te permettront de tenir face à ton échec. »

Exclure l'étranger de son quartier, c'est lui rendre son intégration difficile et semer révolte et haine dans le cœur de ses gosses.

Exclure l'ancien du cercle familial, c'est hâter sa mort et favoriser l'aigreur et la solitude que l'hôpital ou l'hospice amplifieront.

Exclure le handicapé physique ou mental du cercle familial, c'est prôner le beau, le bon, l'efficace et le performant, et tuer la vie.

La télévision exclut. Outil qui peut être merveilleux, elle sert surtout à lancer des messages politiques ou publicitaires. Elle divertit aussi, mais à travers un bain de futilités qui lave le cerveau. Elle n'est pas un facteur de cohésion sociale. La famille agglutinée devant l'écran n'est qu'un groupe d'insectes de nuit autour d'une lampe inerte. Sans communication vraie entre eux.

Une mobilisation sans précédent doit se mettre en place face à ce danger extrême qu'est l'exclusion sous toutes ses formes. Il y en a d'autres, beaucoup d'autres.

À chacun de regarder autour de soi, de se mettre en marche et de se mobiliser.

Il faut gagner cette guerre

Donner du fric à un mendiant n'est pas la meilleure façon de l'aider. C'est connu. « Mais après la pièce de monnaie donnée, apprends à te souvenir de son visage, de ses yeux, de son âge. Si tu ne t'en souviens pas deux minutes après, c'est que tu as honoré de ton aumône un objet, une chose, un rien. » Cette guerre contre l'exclusion passe par le regard, par la fraternité et le moment où le démuni sait qu'il vient de rencontrer quelqu'un.

Paul, clochard de mon trottoir, est un homme heureux dans sa misère. Les mille services qu'il rend, les heures de bavardage avec les anciens du quartier le rendent sympathique et entretiennent un lien communautaire qui l'épanouit et le fait vivre.

Il me faut aller constamment vers son compagnon, éteint, sur le trottoir, et qui va d'hôpitaux en fourgons de police. Que je passe un moment avec lui le ravit. Mais il ne me demande jamais rien.

Les chrétiens agissent partout. Je le constate à chaque week-end de conférences. Petites lucioles minuscules mais multiples, elles tissent un immense ensemble qui a besoin d'être reconnu.

L'Église est en marche, mais avec beaucoup trop de frilosité. Sa parole est souvent centrée sur des thèmes qui sont importants mais pas essentiels : la capote au hit-parade des questions, les hommes mariés prêtres, etc. Mais son combat pour les exclus n'est pas prioritaire. Et c'est plus que dommage. L'immense foule des bien-pensants et pratiquants (hommes politiques actuels compris) doit comprendre que sa prière fervente et répétitive pour les exclus ne touchera pas le cœur de Dieu sans une volonté ferme d'entrer dans la bagarre pour tendre la main et participer à tout ce qui dans la cité milite contre l'exclusion.

Si les chrétiens ne sont pas aux avant-postes de ce combat-là, ils manquent absolument d'être les témoins crédibles du Royaume de Dieu, en marche.

Le Christ, l'exclu par excellence

Le Vatican dans sa forme actuelle et la représentation de l'Église dans sa hiérarchie restent décollés de l'image de l'exclu par excellence, le Christ.

Quel visage aurait-il aujourd'hui ?

– Celui de Gérard mourant du sida.

Sa longue agonie sur un lit d'hôpital était, pour moi, celle du Christ.

Souffrance terrible de ce corps magnifique de jeune adulte se battant jusqu'au bout pour happer la vie qui foutait le camp.

– Celui d'Alain, abandonné tout jeune, traînant la rue et qui, à trente-sept ans, se clochardise, coupé de toute famille et de son enfant disparu, son seul trésor.

Son visage sur le pas de ma porte rayonnait le Christ souffrant. Je le sentais physiquement.

– Tant de visages de prisonniers me hantent par l'extraordinaire similitude qu'ils ont avec le chemin de croix du Christ.

Il y a les yeux, pas encore morts, de cette ancienne qui fait semblant de prendre le soleil près de ma porte. Pas encore morts, parce que le soleil, elle s'en fout. Mais les quelques échanges qu'elle happe avec les gens qui passent sont sa lumière dans sa solitude.

Regarde-les, ces visages.

Contemple-les.

Médite-les.

Ils valent tous les catéchismes du monde. C'est toi, chrétien, qui leur diras la résurrection. Sans phrases. Sans discours. Sans mots. Sans prosélytisme.

Seuls tes gestes de partage, ta solidarité, ta présence jusqu'au-boutiste crieront le Christ ressuscité.

Le Christ est à ta porte, dans ta rue, dans ton immeuble, dans ta classe, dans ton usine.

Une fois que tu le sauras, que tu l'auras rencontré, alors tu te mettras en marche.

Il faut beaucoup prier pour cela.

Il faut demander inlassablement le regard du Christ.

Il ne pourra pas ne pas te le donner.

Et en plus de son regard, il te donnera l'Amour.

L'un et l'autre sont invincibles.

Et l'exclu se lèvera.

Ta fierté ne sera pas seulement de l'avoir mis en marche. Mais qu'à son tour il fasse se lever celui qui est à bout, qui n'est rien, il n'y a rien de plus grand.

Et si les pélés leur mettaient le feu?...

En bondissant de Denver...

En bondissant de Denver, j'atterris à Genève pour baptiser la fille d'un ami.

Le curé auquel je rends visite par politesse, la veille du baptême, m'interpelle dès qu'il apprend que j'arrive de la Rencontre mondiale de la jeunesse aux USA: «Mais qu'est-ce qu'un mec comme toi a été foutre là-bas?»

Il n'en revient pas que j'en sois à mon troisième pèlerinage: Saint-Jacques-de-Compostelle, Czestochowa et, cette année, Denver! Je tente de lui expliquer. Il n'est pas totalement convaincu. Ébranlé certainement. Son argument principal: «Mais que ces jeunes s'investissent d'abord dans leur diocèse!» faiblit devant ma réponse: «Et si au cours de ces immenses rassemblements, ils trouvent des raisons de vivre leur foi, d'espérer et d'aimer assez pour répandre le feu reçu au cours d'un pélé?...»

Je lui commente alors ces quelques réflexions: «Dans ces pélés, on dort peu, on prie beaucoup, on a parfois des marches harassantes. Et les jeunes savent d'avance que le pape ne va pas leur dire des choses tendres, aimables, les caresser dans le sens du poil. Il va les appeler au plus haut, au plus profond, au plus large. Alors pourquoi se déplacent-ils par centaines de milliers pour écouter une parole rude, exigeante, sans concession, dans un monde où on les appelle au laxisme, au laisser-aller, au bruit, à l'apparence, au fais-ce-que-tu veux ? »

Chouette, l'écoute de mon confrère. Puissent les évêques de tous les diocèses de France avoir reçu et écouté longuement les jeunes pèlerins, revenus avec de la lumière plein les yeux. Ça pourrait les aider à se mobiliser pour préparer les jeunes de leur diocèse au prochain rendez-vous, fixé dans deux ans, à Paris.

Saint Jean Bosco disait en parlant des jeunes : « Aimez ce qu'ils aiment. » Pleurer sans cesse sur les Églises désertifiées par les jeunes est digne des crocodiles larmoyants. On gémit trop dans notre Église sur les malheurs du temps, sur l'athéisme envahissant, sur l'indifférence destructrice et les jeunes absents des assemblées.

Écouter Jack nous dire : « Quelle claque, pour moi, Denver ! Ça m'a foutu le feu au cul », c'est lire dans ces immenses transhumances de jeunes un signe des temps. C'est les aider à découvrir une grâce puissante, précise, unique. Grâce propre à chaque pélé. Pour rien au monde, je ne louperais ces moments-là.

Histoire des trois pélés contrastés

L'image du premier pèlerinage à Saint-Jacques-de-Compostelle, il y a quatre ans, reste pour moi celle de l'interminable ruban formé par les milliers de cars traversant l'Espagne. On n'a presque pas marché, mais beaucoup roulé. Autre image : les camps de toile gigantesques où on se retrouvait par groupes de trente mille, parqués dans des tentes alignées à l'infini. Bonjour le silence ! Fête continuelle, bouillonnement incessant, chants et danses entrecoupés de moments de prière. Il fallait vraiment vouloir se mettre à l'écart pour retrouver la paix et intérioriser.

Le moment fort, le moment clef, se situa à l'intérieur de l'immense amphithéâtre creusé entre deux collines, lors de la veillée avec le pape, pendant la messe. Vue imprenable sur le podium. Superbe communion entre les cinq cent mille jeunes. C'est seulement dans les commerces que nous avons eu l'occasion de rencontrer le peuple espagnol.

Pour entrer en contact avec la population, Czestochowa a été exemplaire. Ce pèlerinage a remis les pendules à l'heure. Le point d'orgue, ce fut les dix jours de marche très dure, sous un soleil implacable. Des dizaines de milliers de Polonais au bord des routes, chapelet à la main, offraient de l'eau fraîche aux pèlerins assoiffés.

Cet immense peuple de jeunes qui marchait (on était un million trois cent mille) n'avait jamais eu faim. S'il a aimé l'odeur de la campagne polonaise, il a aussi été confronté brutalement à la pauvreté des Polonais. Leur exceptionnel accueil marquera à vie ces jeunes du monde entier.

La visite du camp de la mort d'Auschwitz a brisé d'un seul coup l'enthousiasme juvénile. L'effroyable rencontre avec la monstruosité de la bête immonde qui dort en chacun de nous, nous a fait plonger dans le mystère du mal, de la souffrance et de la mort. Choc frontal avec soi-même. Magnifiquement préparée, cette visite laissera des traces spirituelles très profondes.

Il y a quand même eu un os, à l'occasion de la rencontre rituelle avec le pape. Le désir irrésistible de voir le pontife a provoqué une bataille rangée pour accéder au plus près du podium. Un immense bois coupait la foule de l'Eucharistie, cœur de ce pélé. Beaucoup de jeunes sont partis avec le goût amer de ne pas avoir vu Jean-Paul.

L'essentiel n'était pourtant pas de le voir. Mais allez expliquer ça à un jeune qui était venu, du moins en partie, exprès pour cet événement.

Une seule rencontre d'une soirée avec les familles polonaises nous a permis de recevoir l'offrande des pauvres qui donnent tout ce qu'ils ont, et nous a émerveillés.

Denver a été lumière, d'abord par la rencontre avec les Américains. Quinze jours chez l'habitant. Une énorme paroisse nous recevait. Sept cents familles souvent riches, parfois richissimes, s'étaient disputé l'honneur d'accueillir les trois mille jeunes du pélé de l'Île-de-France.

Hamburgers à en dégueuler. Pas d'alcool. On ne fume pas dans la maison. Ils ont su nous rappeler, ces Américains, que les pèlerins sont d'abord des pénitents...

Trois jours de marches oxygénantes et de prières dans le Colorado. Mais on était loin de celles, inoubliables, de la Pologne. Seule touche de piment au Colorado : trois serpents à sonnette aussi dangereux que pacifiques dormant au cœur de notre campement !

La fête autour du pape a rappelé celle de Saint-Jacques-de-Compostelle. Visibilité parfaite. Je me suis baladé une partie de la nuit au milieu de cette foule : chants, danses, prières dans toutes les langues. Les uns pionçaient comme des anges juste à côté de centaines de jeunes dansant tous les folklores du monde. La bonne odeur des quarante nations représentées enveloppait d'amour et d'unité l'immense espace. Je fus témoin, cette nuit-là, d'un des plus beaux moments offerts par la Rencontre internationale de jeunes de l'Église.

Si la mode ou la musique rassemblent les jeunes du monde entier, on avait là la preuve que le Christ de l'Évangile, qui a choisi le camp des perdants, peut être lumière en plein cœur d'une Amérique jouisseuse, performante et friquée.

Fascinés par le sage et par le père...

Quand on sait que la plupart des jeunes qui composent ce type de pèlerinage sont citadins et que la majorité des anciens des villes crèvent pour près de

70 pour cent seuls dans les hôpitaux, on comprend le manque de grands-parents.

Nos jeunes ont un besoin immense de sages, d'ancêtres, qui leur apportent avec la sérénité que donne l'âge, la sagesse amplifiée par les ans.

L'attente formidable de Jean-Paul II est celle du Pasteur de l'Église, et en même temps l'attente du sage.

Dans le stade de Denver, nous étions cent mille. Fête intégrale avant l'arrivée de Jean-Paul. Show américain d'une beauté inégalable. Les écrans annoncent Jean-Paul.

Délire. Il arrive. Les écrans retransmettent l'image des innombrables poignées de main qu'il a distribuées avant d'entrer dans le stade. C'est trop. C'est vers nous qu'il vient, pour nous. Qu'il brûle la politesse aux innombrables officiels, semi-officiels et pontes de tout calibre me semblerait plus juste, plus vrai. En saluant Bill Clinton et son épouse, deux heures avant, il avait salué tous les Américains. C'était suffisant.

L'entrée dans le stade avec la papamobile m'arrache les yeux. Je sens une ovation cassée quelque part, tant qu'il reste dans cette bulle affligeante. Mais l'ovation balaie tout au moment même où il en sort.

Quand on sait que chacun des cent mille participants a été fouillé méthodiquement, je ne vois pas la nécessité que Jean-Paul II soit « encagé » sur quatre cents mètres de parcours, à l'intérieur du stade. Dans la nuit qui descend, sa soutane blanche est illuminée de mille feux, sans aucune protection. À la portée de n'importe quel fou qui serait passé à travers les mailles du filet sécuritaire. Incohérent.

Je repense au Christ. Son successeur est super-protégé. Le serviteur serait-il plus grand que le maître ?

Mais l'essentiel n'est pas là. La voix est forte, posée, belle. Elle est lente. Les mots pèsent lourd. Je regarde la foule des jeunes. Par moments, le stade est absolument silencieux. Fascinant. Joyeux, le visage tendu vers l'homme en blanc, ils regardent et écoutent le Père. Ce vieil homme qui leur parle d'un Autre, de l'infiniment grand, de l'Amour, est écouté au-delà de l'imaginable. Dans un monde sans pères, sans repères, où l'adulte se cherche et se perd souvent, Jean-Paul II incarne la sagesse paternelle, la voix solide et ferme du sourcier qui plonge au cœur de l'être, dans ce qu'il a de meilleur. L'attente qu'il provoque est à la hauteur des sommets à atteindre et de la soif d'idéal. Le secret de ce vieux bonhomme : il livre aux jeunes, et aux autres, des certitudes qu'on ne leur offre plus.

Si les deux pélés, en Espagne et en Pologne, m'ont donné des varices, à cause d'une attente du pape que j'ai jugée parfois indécente, j'ai aimé Denver. On attendait Jean-Paul, certes oui. Mais plus de la même façon. Maturation de ces pèlerinages qui ciblent l'essentiel. Jean-Paul nous invite, comme sourcier et Pasteur de l'Église. L'image du serviteur ne doit pas être assimilée à celle, adulée, de la star. Il faudra beaucoup de gestes de la part de Jean-Paul et de ses successeurs pour retrouver l'humilité des pieds nus de Jésus...

Alors le chanteur, pas la chanson ?

Enfin, si l'on sait que beaucoup de ceux et de celles qui ovationnent Jean-Paul II n'appliquent pas, par exemple, la morale sexuelle qu'il prône, on peut se demander d'où procèdent tant d'applaudissements.

N'importe quel observateur se rendra compte, à chaque rencontre, que le tonnerre des ovations fuse, d'abord, de sous les mêmes bannières. Claque méthodiquement organisée ? Je ne le crois pas. C'est l'approbation bruyante d'une certaine tendance de l'Église. Alors on applaudit le chanteur, pas la chanson ? Je ne le pense pas. Cette foule de jeunes, avide de vedettes, entend la formidable voix de sa conscience dans ce qu'elle a de plus haut. Même si peu assumeront le message intégral du Pasteur, il est essentiel qu'il soit proclamé. À nous d'assumer ces moments forts passés et l'immense foule venue de si loin pour entendre. À nous d'être à côté de ceux qui souffrent de ne pas vivre l'idéal entrevu. Rien n'est jamais perdu, surtout quand on va au pas de ceux et de celles qui cheminent à tâtons. C'étaient ceux et celles que le Christ a fréquentés tous les jours. Il les a appelés au plus haut. Il les a suivis, ses pas dans leurs pas, sur les sentiers les plus sombres et les plus escarpés.

Les princes du pélé

« Regarde-le prier. Comme c'est beau. » Diégo me désigne Thierry, myopathe, sur sa chaise roulante. En plein Colorado, après une marche harassante sous un ciel de plomb, les deux mille jeunes de l'Île-de-France prient. Au milieu d'eux, Thierry, rayonnant, balbutie la prière du jour.

Saisi, je regarde ce visage crucifié, tordu par la maladie, chanter Dieu. Il nous a suivis partout. Intrépide, il a tenu à tout vivre. Il a été le cœur de ce pélé. Éminences, évêques, prêtres, nous étions souvent pour les enseignements, le catéchisme ou le témoignage, en avant. Pour les applaudissements qui crépitaient souvent, nous n'étions jamais oubliés.

Thierry, Fouad et Julien n'étaient jamais en avant. Entourés, aimés, portés, soutenus. Ils étaient les princes de ce pélé à Denver.

Fouad, le visage défiguré par une grenade qui lui avait effacé toute lumière terrestre, chantait Dieu partout. La voix forte, vibrante et chaleureuse du Libanais nous réchauffait. Son rire joyeux confirmait ce qu'il m'a dit : « J'ai pardonné à cet enfoiré qui m'a arraché la gueule et éteint la lampe de mes yeux. Mon handicap est lumière quelque part. »

Julien, non-voyant aussi, marche devant moi en descendant les pentes montagneuses du Colorado.

Dure (pour nous qui voyons), cette descente sur un long sentier de montagne aux multiples pierres roulantes. Calvaire sans doute pour Julien, avec son lourd sac à dos. Sans bruit, sans se plaindre, il a seulement traîné un peu plus derrière nous.

Dans cette foule de jeunes, apparemment nantis, bien installés, à l'avenir souvent assuré, que de souffrances intérieures, parfois balbutiées en pleurant ou presque criées dans un moment de confidence à l'écart du groupe. Là, quels handicaps cachés !

La plus grande souffrance, c'est de ne pas être aimé. Ça ne se voit pas à l'œil nu, quand un jeune a l'âme déchirée, par le viol du cœur et parfois du corps. Non, ça ne se voit pas.

Sauf si on fait assez silence pour écouter, dans la chaleur du jour ou le silence de la nuit, le cri de celui ou celle qui se libère, pardonne, se réconcilie avec lui-même, ou avec ceux qui l'ont meurtri.

C'est une des plus grandes grâces de ce pélé.

Si les seuls riches enseignent…

Le plus grand enseignement du Christ dans l'Évangile est passé par la voix des plus pauvres, qu'il a écoutée et retransmise. Il les a rencontrés et regardés. Il est parti d'eux. Pas exclusivement. Mais d'abord d'eux.

Certaines heures de catéchisme à Denver sont passées complètement au-dessus des jeunes têtes. Certains sombraient alors dans un sommeil réparateur, gagné sur des nuits trop courtes. L'heure du caté, fait par le cardinal Etchegaray, restera mémorable. La simplicité des mots liée à l'humour pétillant nous a tenus éveillés. Mais un certain nombre de pèlerins venus par hasard, ou pour le rêve américain, ou pour accompagner leur copain, resteront sur leur faim. Le simple A B C de l'Évangile aurait suscité leur appétit. Le X Y Z de la théologie déversée à flots est passée au-dessus d'eux.

Beaucoup de jeunes avaient, au hasard des rencontres, lancé des chants, préparé des poèmes, mimé des scènes. Il serait bon, dans ces rencontres superplanifiées, de réserver une heure de temps à autre pour la création tous azimuts. Super-enseignement garanti.

Les jeunes ont tant de choses à nous dire !

Sur les routes de Saint-Jacques-de-Compostelle, je passais de car en car. L'un me réclame avec insistance : « On a une overdose d'enseignement et de chapelet », me déclare sobrement un des jeunes du car. Je monte, je roule ma clope. « Interdit », me signale le chauffeur.

Je demande des explications : « C'est interdit par le responsable du groupe. » Je passe outre et je donne la permission pour une seule cigarette. Bouffée d'oxygène dans le car. Enfin, si je puis m'exprimer ainsi ! Je veux mettre une cassette. C'est la musique du *Grand Bleu*. « Interdit », me répète le chauffeur qui se retranche encore derrière celui qui n'autorise que des chants grégoriens.

Je mets *Le Grand Bleu*. Je tente une dizaine de chapelets. La ferveur des jeunes m'étonne. La clope et *Le Grand Bleu* y ont été pour quelque chose. Je refuse de donner un enseignement avant d'avoir écouté les questions. Entrecoupées de temps de silence et de prière, elles ont tellement fusé durant une heure et demie que je n'ai fait qu'y répondre. Elles étaient de très haut niveau. Nous, gens d'Église, devons enseigner. Mais le jour où nous apprenons que l'écoute profonde de l'autre peut être aussi un magistral enseignement, on gagne forcément en brièveté... et en humilité.

Loubards et... BCBG !

« On m'a dit que tu n'aimes pas les riches », me décoche une jeune.

Réponse : « Alors qu'est-ce que je viens foutre ici ? » Rien à ajouter. La foule des jeunes de l'Île-de-France respire l'aisance, les études assurées, l'avenir sans trop de problèmes. Et ça, je le sais. Enfin, depuis le premier pèlerinage. Une chose, cependant, m'a surpris ! Je pensais que papa et maman avaient payé chaque voyage. Or un certain nombre de jeunes ont bossé pour leur voyage. Démarche militante et signifiante.

Traditionnels de l'Église, la plupart de ces jeunes n'ont pas sur les lèvres les contestations entendues habituellement. Ils aiment l'Église. Les débats sur le célibat des prêtres, la pilule ou la capote anglaise ne sont pas leur menu préféré. Par contre, la souffrance, la mort, la pauvreté, le divorce de leurs parents les interpellent fortement.

J'ai constaté à Denver les situations parfois terribles où ils se débattent. Le sacrement de réconciliation a été pour moi, et sans doute pour maints prêtres, le grand moment où on a entendu les jeunes nous jeter à la face les morceaux désespérés d'eux-mêmes. Vigilance extrême de notre part. À tout moment, à toute heure et quand je m'y attendais le moins, ils m'ont happé pour se mettre à genoux.

Impossible de ne pas les aimer, surtout dans ces moments-là.

Mes loubards, là-dedans ? Oh ! Pas question de se mettre à genoux. Leur calcul avant le départ n'avait rien de spirituel. Il était simplement mathématique et sans détour. « Combien y aura-t-il de gonzesses ? » En divisant par deux le nombre de pèlerins attendus, ils ont chaque fois eu matière à rêver, pensant franchir l'Himalaya de l'érotisme, je présume !

À chaque fin de pélé, j'ai droit à peu près à ceci : « J'ai pas pu toucher une fille. Et puis, j'ai pas envie. C'était si bon l'amitié. » Ils trient ce qui est proposé. Ils s'incrustent parfois au cours d'une messe. Les enseignements les font fuir une seule fois. Pas de récidive. Les innombrables dialogues avec le groupe, dans lequel je tiens à ce qu'ils s'enracinent, font office de catéchèse et d'approfondissement spirituel.

C'est la « théologie de l'amitié » des jeunes de Versailles qui les a, cette année, comblés d'aise. Les Versaillais ont su (comme dans les deux précédents pèlerinages) ouvrir cœurs et oreilles aux jeunes de mon équipe qui n'avaient évidemment ni leur classe, ni leur prestance, ni leur culture.

Les commentaires loubards, quelques semaines après le retour, sont si enthousiastes que je sais, par effet de boomerang, que les jeunes Versaillais ont été eux-mêmes marqués profondément par leur présence.

Chaque groupe avait son drapeau. Essentiel pour se retrouver. Le nôtre détonnait. Il était aux couleurs de l'Amérique avec, au centre, une magnifique Harley-Davidson, la moto de rêve de tout loubard. En fin de pélé, j'ai écrit sur une des bandes blanches deux courtes phrases : « Il a souffert avant toi. » « Il a souffert pour toi. » Clin d'œil à ceux des miens qui portent tant de souffrances cachées. Clin d'œil prémonitoire sans doute à Anne-Laure et Camille, mortes tragiquement au retour de Denver.

Aucun discours sur la pauvreté, la misère ou la souffrance d'un être ne vaudra le côte à côte quotidien, le pain et la parole partagés. Les jeunes vivent cela mieux que quiconque. Et certains vont plus loin. Jean, venu avec moi à Czestochowa, est retombé en prison. Deux ans après, quelques pèlerins lui écrivent toujours.

Et après… chaque Eucharistie sera-t-elle fête ?

Sans la fête… aucun pèlerinage ne tiendra la rampe. Un jeune pèlerin ne prie et ne fait silence que lorsqu'il s'est senti intégré à un groupe. Forcément il bougera, chantera, dansera et jouera d'un instrument. Comme sont loin les chaînes hi-fi et les walkmans qui isolent !

Le groupe explose de joie. La phrase clef de

l'Évangile qui fonde la portée spirituelle de chaque rencontre fait jaillir forcément la prière et la réflexion dans les cœurs en fête. La prière appelle au silence. Ils en ont tellement besoin.

Voir trois mille jeunes priant silencieusement sur la pelouse de la paroisse qui nous a accueillis prouve leur besoin immense d'être à l'écoute. Dieu est au bout de la ligne. Combien m'ont dit alors: « Et demain, dans ma paroisse ? C'était si beau, Denver... »

Beaucoup ont déjà donné la réponse. Un quart des jeunes venus aux USA avaient déjà participé à l'un ou l'autre des pélés précédents. Les entendre était un régal. Au retour des précédentes rencontres mondiales, ils n'ont pas voulu en rester là. Des aumôneries créées, des groupes lancés, des animations vacillantes qu'ils ont ranimées augurent bien de demain.

Puissent ces jeunes, de retour chez eux, être soutenus, aidés, confortés dans leur foi. Durant ces trois grands moments d'Église, c'était un régal de leur donner la communion. J'ai rarement vu des mains aussi avides tendues pour recevoir l'Eucharistie. Les yeux au bout des doigts criaient leur soif de Dieu. Jamais on ne retrouvera des messes aussi belles que celles de Saint-Jacques, Czestochowa ou Denver. Sauf si chaque prêtre voulant faire de l'Eucharistie une fête sait donner aux jeunes de la paroisse où ils reviendront la place qu'ils ont à y occuper.

Les messes sans génie, préparées avec une minutie qui tue la vie, statufiées dans les moindres détails auxquels on s'accroche quoi qu'il arrive, ne tiennent aucun compte du peuple qui, lui, se renouvelle toujours. Elles font fuir les jeunes d'aujourd'hui. Ils disent trop qu'ils s'emmerdent à la messe pour que nous n'ayons pas le souci prioritaire de laisser place à la fête à chaque rencontre où Dieu vient.

Pour un chrétien tout commence avec l'Eucharistie : force, espérance, solidarité, partage, sens du plus pauvre et militantisme poussent à vivre et à faire vivre, en quittant le temple, ce mystère d'Amour.

Si un prêtre aime l'Eucharistie, une partie de sa vie sacerdotale se passera à la fignoler, à la chérir et à la préparer avec son peuple.

En dehors de la place de ses deux pieds, à l'autel (seul espace que personne ne peut lui ravir), le reste appartient au peuple de Dieu.

Jeune qui me lis, rappelle-le-lui, à ton prêtre. Et partage sa joie de faire descendre l'Amour. Tu retrouveras le parfum des pélés. Et le feu ne s'éteindra pas.

Deuxième Partie

Une vie écartelée et un cœur pacifié

Mon rythme de vie

Il est 3 heures du matin. Mes valises dans ma voiture et mes trois clébards par-dessus, je fonce vers l'« essentiel ». Quelle joie, ce moment ! Crevé mais heureux. Soixante-quinze kilomètres et je vais retrouver ma cellule minuscule chez les moines.

L'urgence, c'est moi et moi seul dans l'intimité de Dieu avec, comme seule compagnie, Gangster, Brigande, Lascar, ravis, quand ils me voient embarquer mes valises. Ils les sentent longuement. Ils sentent, eux, la forêt, l'espace, l'oxygène. Moi aussi, mais bien plus qu'un bain de nature (où, quelque temps qu'il fasse, je me balade, varappe, monte dans les arbres durant deux heures), je vais me retrouver seul, face à Dieu et à moi-même. C'est le moment le plus fort de ma vie, quarante-huit heures tous les dix jours. Je les goûte bien à l'avance, les planifie quoi qu'il arrive. Quasiment un an à l'avance...

J'ai vite repéré, il y a trente ans, que ma vie sera prise, archiprise, bousculée, emplie à ras bord. Ma nature et la mission confiée par l'Église m'ont vite fait comprendre ceci : « Si tu ne prends pas la distance suffisante par rapport à ton apostolat, t'es foutu, mon pote. »

Un atout maître : mes quinze ans de séminaire. J'entends encore mes maîtres depuis 1948 (date de mon entrée au séminaire) face à ma nature fougueuse : « Prenez du temps pour vous. Faites silence. Un jour vous donnerez le maximum. Mais sans vie spirituelle vous n'irez pas loin. Appuyez sur l'accélérateur. Mais le frein, ça existe. Attendez. Priez. Faites silence. Votre activité de plus tard ne sera que le fruit de votre capacité d'union à Dieu. Tout partira de là. »

Ces vérités essentielles sont entrées en moi. La grâce de Dieu, me les rappelant sans cesse, fait le reste.

Les cinq premières années de sacerdoce en Algérie ont été le banc d'essai de ma vie sacerdotale. La fougue du jeune prêtre est connue. Il fonce pour engranger les âmes à Dieu. Sans frein. Il écourte ses nuits. Il bouffe à toute vitesse. Il court, il vole... et se casse la gueule.

Restent dans ma mémoire ces deux faits, terribles et particulièrement signifiants.

Je vois, un jour, un jeune prêtre au visage couturé et boitant fortement. Ses traits semblaient marqués par une terrible épreuve. Je lui demande ce qui le fait claudiquer. « Un accident, me dit-il. Pris par mes multiples réunions, je rentrais un soir, crevé. J'accélérais pour arriver chez moi, vers 2 heures du matin. Une réunion à 8 heures ne m'autorisait pas, fou que j'étais, à ralentir, alors que le sommeil me gagnait. Je me suis réveillé à l'hôpital en pièces détachées. Un miracle chirurgical a rassemblé les morceaux disloqués de mon corps que les pompiers ont mis deux heures à dégager de mon tas de ferraille. Je suis vivant, mais ralenti à vie, après deux ans d'hôpital et de rééducation. »

L'autre fait. Un jeune prêtre très actif et généreux, ne refusait aucune visite, aucun téléphone. Des jeunes ou des vieilles taupes insomniaques le bousculaient nuit et jour. Il répondait présent, toujours. Son estomac était délabré. Il devenait insomniaque. Il avait trente-cinq ans. Le reste de sa vie semblait marqué par des années où l'irrémédiable s'était déjà installé, à cause d'une activité forcenée où aucune distance n'avait été prise.

Ma vie en deux mots...

Bouffé, écartelé par des jeunes loubards cabossés et dont je dois, avec mon équipe, rassembler les morceaux épars. Leur misère est telle que, lorsqu'ils s'ancrent dans un être, ils s'investissent en lui en toute tranquillité mais avec la puissance dévorante de ceux et celles qui ont manqué de tout. Leur manque affectif, psychique est énorme. Il me faut me donner à fond la caisse, m'appuyer sur mes treize équipiers... et prendre la distance pour ne pas imploser ou exploser.

Ma distance ? Le bréviaire chaque matin. Moment de plénitude. Prière de l'Église récitée en union avec tous les consacrés du monde. Cœur à cœur aux dimensions du monde. Je repère une phrase qui me botte. Je l'inscris sur mon carnet de rendez-vous. Visualisée, cette phrase me portera tout le jour.

Le chapelet, prière des pauvres. Cette prière répétitive est belle, toujours neuve. La méditation de la vie du Christ et l'intention de chaque dizaine entretiennent un souffle qui ne se fatigue jamais.

L'Eucharistie, le plus grand moment de ma vie. Faire descendre dans mes mains nues l'Amour est la prière par excellence. Donc la force absolue.

Comment le Christ résistera-t-il à la prière de celui qui lui confie sa pauvreté, ses manques, alors qu'il le tient dans ses mains ?

Et puis, une prière continuelle qui jaillit au fil des heures !

« Seigneur, pitié pour Patrick. Éclaire Kathy. Rends fort Yusuf. Donne à Jean le souffle de Ton Amour. Apporte à Mohamed, qui est suicidaire en taule, Ton espérance. Tu le peux. Moi pas ! »

Dans les moments durs ou joyeux, cette prière qui monte entretient un dialogue d'amour qui ne s'arrête jamais.

Un dernier « Je T'aime, Seigneur » avant de roupiller, en me rappelant les visages de tous ceux et celles rencontrés durant le jour, et je sombre très vite dans le sommeil.

Tout, dans mes journées, devrait me rendre insomniaque, stressé et en panne de moi-même. Trop de cris de haine, de révolte et de désespérance envahissent ma vie ! Par téléphone, par courrier, par contact direct m'arrive, d'heure en heure, le cri de l'être blessé.

Je ne puis répondre avec discernement et paix qu'avec l'aide de Dieu, et la certitude de ma faiblesse.

« Plus tu es faible, plus je serai fort en toi », nous a laissé le Christ.

Répondre à tout appel, à toute réunion, à toute sollicitude est du ressort, non pas de notre générosité évangélique, mais d'un sournois détournement des forces du Mal qui se plaisent à nous disperser pour mieux nous affaiblir.

Mais croire que donner un max de soi avec, en fond, le Seigneur agissant, servant, veillant au grain en faisant appel au serviteur inutile que je suis, donne la certitude d'être jamais lâché… et toujours renforcé.

« Je ne vous donnerai jamais tentations et tâches, même surhumaines, sans une aide quotidienne, précise, puissante. Demandez-la. »

Croire que le Christ a dit cela et en vivre, c'est voguer au-dessus des tempêtes, allégrement, pacifié, porté par la houle la plus terrible soit-elle, sans crainte, sans peur.

Par la retraite et le silence. Donner du temps à l'Amour à qui on a voué sa vie, c'est cibler son ministère dans l'Absolu, l'Amour infini, la plénitude de Celui qui n'attend de nous qu'être serviteur… à condition que l'on s'arrête régulièrement. Alors, le regard de l'amoureux de Dieu se tourne vers l'intérieur, absolument, avec en prime, la paix qui vient d'en haut. On voit là l'invisible. On sent le souffle de l'Amour nous réchauffer les tibias qui ne tiennent plus debout. On voit son cœur qui, humainement, a ses limites, renforcé. On purifie son regard qui happe quotidiennement l'humain exsangue.

Toi, couple, à qui je m'adresse, tu dois dire : « Oui, mais toi t'es curé. T'es célibataire. »

J'entends encore ce mec me lancer ça en pleine gueule, au cours d'une conférence. Je ne lui ai pas envoyé dire ce que je pensais, devant l'étalage de ses trente ans de mariage, de vie professionnelle, de présence à ses gosses qui lui bouffaient tout... et donc, selon lui, ne lui laissaient aucun temps de libre pour Dieu.

Ma vie, comparativement à un couple, est certainement plus bouffée.

Ma réponse

« Quitte ta femme quelques jours. Et qu'elle fasse la même chose. Partez en couple de temps à autre pour vous réfugier dans un monastère, et vivre seuls dans un havre de paix une solitude où vous verrez enfin clair. »

Et sabrer, sabrer.

Trop de réunions qui vous bouffent tout votre temps, après votre travail, sont suicidaires pour vous, votre couple et surtout vos gosses.

On peut s'inventer mille urgences, en oubliant l'urgence première : toi, et ta capacité de rejoindre Dieu dans le silence pour mieux vivre la trinité d'amour qui est ta priorité : ton conjoint et tes marmots.

Chaque jour mon chapelet est égrené. La première dizaine est pour apprendre à aimer. La deuxième, c'est pour demander le discernement : je crois immensément à cette deuxième intention de prière parce qu'elle est essentielle. Plus con que moi pour discerner, tu meurs ! Marie veille au grain. Je l'ai tellement vérifié que c'est devenu une évidence. Je lui confie tout. Elle porte à son Fils mes manques, mes fautes, ma pauvreté. Et sa réponse est fulgurante.

« Sabre, apprends à discerner, vise l'essentiel, et ta vie, la plus farfelue qui soit, sera paix et joie. »

Tu ne dévoileras pas souvent le secret de ta vie. Mais ta lumière sera si forte, si puissante, si évidente, que tu feras des petits sans le vouloir, parce que, homme ou femme de prière d'abord, tu affirmeras par ta vie qu'on ne peut rien sans la grâce. Elle peut tout. Elle suffit à tout.

Les plus grands contemplatifs ont été des actifs de Dieu à un point inimaginable.

Contemple, prie, fais silence, et Dieu te dira tout. Alors, Il fera ce que tu ne pourras jamais faire toi-même : l'impossible.

Le silence, un atout maître

Le silence est dans ma vie un atout maître.

Si je n'avais senti, dès les premières années de mon métier, que seul le silence rétablirait l'équilibre dans une vie tout entière centrée sur les autres, je serais un homme foutu.

Entendre douze heures par jour des demandes, des cris de désespoir, des « J'en ai rien à foutre de la vie » ou « J'en sortirai jamais » déstabilise, angoisse et rend inopérationnel.

Lire tant de lettres quotidiennes dont beaucoup sont des appels à l'aide, vrille et tend.

Quand j'arrive, souvent épuisé, dans ma retraite de quarante-huit heures, jalousement gardée tous les dix jours, je ne pense qu'à dormir douze heures... Le sommeil est le meilleur silence réparateur.

Ensuite, je bondis dans la forêt. Je l'aime immensément. Elle est bruit et silence. Une laie qui passe avec ses petits, les oiseaux qui pullulent, la biche qui franchit d'un bond le sentier sont appels à la paix, à la sérénité. La beauté du vent dans les pins est seulement légèrement gâchée par le ronron assourdi de l'autoroute lointaine.

Monter sur les rochers ou dans les arbres que j'affectionne. Marcher longtemps. Contempler cette immense forêt de Fontainebleau, c'est, à chaque retour en elle, la voir différemment et l'aimer autrement. Et s'y engloutir, s'y perdre.

Et puis prier. Le temps de l'action de grâce arrive après tant de beautés.

Dieu ne se prie que dans le silence. Jésus nous a assez montré le chemin pour aller vers son Père. « Il partit dans la montagne », « Il se retira dans le désert », « Il s'écarta de ses compagnons ».

Mes chiens, Gangster, Lascar et Brigande, sont sur mes traces. Compagnons inséparables de mes retraites, ils sont, grâce à Dieu, silencieux, mes clébards !

Quand, fatigué, je m'adosse à un rocher, ils viennent se coucher contre moi. Présence aimante qui m'a toujours émerveillé. Ils me sentent lié à eux exclusivement. Seul un lapin qui déboule les sort de leur méditation affectueuse.

Arrivent alors mes scories ou mes duretés de la semaine. Tel mec que j'ai si peu écouté. Tel adjoint que j'ai bousculé rudement. Tel coup de fil bâclé avec celle qui n'en pouvait plus de se taire…

Tant de choses à faire aussi m'effleurent. Mais sans me stresser. Le temps de l'amour est le temps à ne pas gaspiller. Je trie donc mes urgences par rapport à mes manques au niveau de la relation, d'abord.

Oui, le temps du silence est aussi le temps du tri. On voit si bien ce qui est essentiel, ce qui est dérisoire, ce qui a blessé ou ce qui a grandi. Il va me falloir quitter, au bout de deux jours, cet espace qui m'a rasséréné, fortifié, dynamisé.

Alors, je bondis sur Paris, heureux et pacifié.

J'ai hâte de retrouver le visage de Fabrice, durci par la haine, le rire cassé de Raphaël, l'interminable monologue de Fabienne. Oui, j'ai hâte. Parce que, bien dans ma peau, n'ayant parlé à personne durant ces heures offertes à moi-même et à Celui qui est Amour, j'ai retrouvé le lac tranquille, sans rides et sans vagues. Sans le silence je ne serais que tempête intérieure. Ma tâche éminente, faite d'écoute, de regard et de dialogue, a un immense besoin de ce lac où tant d'êtres, à la vie désarticulée, peuvent plonger.

Plus que jamais le monde a besoin d'écoutants, épris de silence, qui sont aptes à apporter la paix sur tous les fronts des tempêtes humaines.

Le seul horizon du Carmel, c'est Dieu

Au-dessus de l'horizon, le ciel : la prière du carme se niche là. Au plus haut.

Au-dessous : la terre. L'incarnation du carme qui y pose ou ses gros sabots ou ses souliers de ville ou ses espadrilles.

Le carme a cette particularité, c'est la contemplation et l'action. Il s'enfouit dans sa communauté et s'en échappe sans cesse. Il passe de la solitude au bruit tout en maintenant une constante : la prière sans cesse, par tous les temps dans tous les cas.

Il appartient à une famille. Il s'y ressource dans une vie fraternelle qui est prioritaire sur tout.

La solidarité avec ses frères ou sœurs est son thermomètre évangélique. S'il loupe sa vie communautaire, il n'est qu'un moine unijambiste. Cette vie est son support et il y pose sa clef de voûte. Chacun(e) compte. L'ancien buriné par sa mission lui apportera son expérience, sa spiritualité. Le jeunot, ébloui par sa découverte carmélitaine toute neuve, redonnera de l'oxygène aux dinosaures qui ont parfois estompé la joie des années où le don à Dieu allait de soi.

Si le carme est un homme du terrain, il aura les mots qui touchent, frappent, provoquent.

S'il est perdu dans l'exégèse, le droit canonique ou une spiritualité livresque, il fera pâmer d'aise ses auditoires érudits. Mais il ne servira ni l'Évangile, ni ceux et celles qui attendent une spiritualité au ras des pâquerettes.

Le Carmel a beaucoup à apporter au monde par ces allers et retours du monastère au monde.

Plus que jamais sa vocation est vitale pour aujourd'hui.

Puissent des moinillons découvrir l'urgence de donner tout à Dieu en ne refusant rien aux hommes. Vocation sublime et particulière, qui a besoin de guerriers et guerrières pour que le feu de Dieu brûle tant d'êtres qui attendent des témoins, la tête dans le ciel et les pieds sur terre.

Correction fraternelle loubarde

Tous les mois, quand je vais passer six jours à la ferme de Haute-Provence, je retrouve, un soir, toute la communauté serrée autour de la table en U, chacun(e) face à face. Réunion autant crainte qu'attendue et désirée. C'est l'heure du bilan. C'est aussi l'heure de la paie qui est offerte en fonction des réponses aux deux questions essentielles : « Comment as-tu vécu au niveau fraternel ces trois semaines ? » « Quel travail as-tu accompli ? »

Je refuse tout jugement qui défigure, égratigne ou blesse. Je veille au grain.

Dernière réunion : seize éducateurs et jeunes autour de la table. Ces derniers, oiseaux sevrés d'amour, serrés les uns contre les autres. J'ai mission de leur apprendre à s'écouter, vraiment, pleinement. Moment unique, irremplaçable.

Ce qui m'impressionne : leurs jugements issus de cœurs blessés. Leurs mots directs, sans fioritures, malgré leur dureté, font place toujours à l'espérance.

« Morgan » : timide taillé dans la masse, lâche sans nuances : « Il me les gonfle », « Il a la langue trop pendante », « Qu'il la ferme », « Celui-là quand y bosse, y va pisser toutes les cinq minutes », « Le travail, ça craint pour lui. Mais il est chouette ».

« Nouredine » : intelligent, offensif d'une tendresse musulmane exceptionnelle : « Pour qu'on t'accepte, enlève tes plumes de dindon. J'ai envie de t'aimer comme tu es. Pas comme tu te montres. »

« Kathy » : réservée et brève, moineau juste débarqué dans la communauté perchée sur la plus haute branche de sa peur des autres et ses doutes d'elle-même : « Ça va », « Il est lourd », « Y m'emmerde », « J' peux pas le sentir », « Il est super-cool ».

Ce qui est étonnant : des jeunes toujours en mouvement viennent de tenir deux heures quinze sans bouger de leur place.

Ce qui me stupéfie : leur écoute mutuelle. Et du fond de leur être blessé, leur immense respect de l'autre.

Mes adjoints en prennent plein la gueule.

Ils sont battus en brèche ou super-valorisés. Pas de nuances. Mais des interpellations vivantes, percutantes. À eux et elles de trier, après.

J'arrive en dernier : « T'écoutes pas assez », « T'es trop souvent pris », « T'es avec nous mais faut prendre rendez-vous avec toi pour te parler », « Fais un peu la vaisselle ». Et un jour, cette perle : « Merci d'être un dealer d'amour. »

Ce qui nous grandit : leurs pages d'Évangile. Leur vérité. Leur droiture d'adolescent(e) abrupte et rentre-dedans.

Puisse chaque famille, une fois par mois, laisser un soir télé et son chacun pour soi, et s'affronter pacifiquement, fortement, fraternellement. Du plus petit au plus grand. Cette heure de vérité vérifiera le ciment évangélique et indestructible du psaume : « Qu'il est bon entre frères et sœurs de vivre ensemble. »

Écouter… écouter inlassablement

C'est rituel. Chaque après-midi où il monte dans ma voiture, il s'assoit et un nouveau scénario s'élabore aussitôt : « Mon père, je le tuerai. Mais pas comme je t'ai dit hier. Je rentrerai par une autre fenêtre. Je prendrai des gants. Je me rappelle maintenant l'heure où il ronfle. C'est le moment idéal. »

Ça doit faire la douzième mise en scène qu'il fignole devant moi. Il est jeune, très jeune.

Les scènes épouvantables dont il a été la victime depuis sa prime enfance (bras et pieds cassés, mâchoire fracturée) ont fait de lui une boule de haine.

Ses réactions de violence sont imprévisibles. Seul, pour l'instant, j'arrive à les canaliser. De justesse. Mais j'y arrive.

Il peut tout dire enfin.

Et il ne sait pas que c'est ça justement qui le sauve… et sauvera son père.

Il veut le tuer. Mais pourquoi, alors, m'a-t-il déjà apporté des armes et, au lieu de les planquer, me les a-t-il confiées ? Elles ont été directement jetées dans mon vide-ordures. C'est mon armurerie la plus sûre… Et il le sait

Écouter. Écouter inlassablement.

Le métier d'éducateur est fait de 80 pour cent d'écoute.

Les 20 pour cent qui restent sont mon avis, mes refus expliqués ou mon approbation affirmée.

Notre monde crève de manque d'écoute.

Écouter vraiment. De l'intérieur. Pas entendre.

Écouter. Rentrent alors comme une épée, à l'intérieur de l'être, des choses incommunicables autrement. Pour cela, être toujours au top niveau. C'est-à-dire bien construit, fort, pas surchargé, parfaitement éveillé.

C'est ma lutte quotidienne. Après un sommeil réparateur pour lequel je me bats avec acharnement (huit heures sont parfaites pour moi), il me faut prier, prier.

La mêlée qui m'attend durant douze heures sans interruption ne m'autorise pas à croire que seul j'y arriverai. Pacifié, je peux entrer dans la tourmente quotidienne.

Trois registres d'écoute. D'abord la personne en face. Ensuite le téléphone. Troisièmement le courrier. Bien lire une lettre, c'est l'écouter. C'est écouter palpiter à travers les mots celui ou celle qui, souvent, m'écrit malhabilement. C'est cibler l'essentiel, dans des phrases hachées, parfois sans suite.

Enfin m'écouter, moi. Les deux jours de silence absolu tous les dix jours sont une nécessité, un oxygène dingue. Dieu n'écoute que dans le silence de l'âme pacifiée.

Et le soir (enfin, à 4 heures du matin, quand les moines entonnent matines), ma prière est toujours la même : « Pardon, Seigneur, d'avoir si peu écouté. » Cette prière ensuite est faite des visages rencontrés, revisionnés.

Ces visages où percent, presque toujours, des yeux qui m'ont dévoré pour bouffer mon amitié et mon écoute, le Seigneur les marquera de son amour. Ça, je le sais absolument. Je peux alors roupiller comme un bienheureux.

Putain d'hépatite !

Jaune comme un citron, je fonce à l'aéroport pour rejoindre mes oiseaux rares en Provence. Mon équipe s'alarme depuis plusieurs jours. Pas moi. Disposant de trois quarts d'heure avant de sauter dans l'avion, je vais quand même voir le médecin de service de Charles-de-Gaulle.

« Allez tout de suite à l'hôpital. » Je ne peux qu'obéir à la seule personne au monde apte à vous dire que personne n'est indispensable.

Cinq heures après, je suis au lit, après avoir été palpé, ausculté, piqué. Coup de massue sur la tête. Quarante-six ans sans avoir franchi le seuil d'un hôpital sauf pour y visiter mes lascars ! Une hépatite aiguë fait partie de ces maladies qui font s'écrouler le mythe d'une santé superbe.

À l'hôpital, je vais d'étonnement en étonnement. D'abord un personnel cosmopolite. L'interne est iranien. L'infirmier de nuit est algérien. La plupart des infirmiers sont martiniquais.

Personnalisation, accueil et délicatesse viennent à la rencontre des malades à travers tant de gens divers.

Seul ennui pour moi, le manque de sommeil. Quand le toubib nous dit : « L'hépatite ne guérit que grâce au repos », je me marre devant le peu de sommeil grappillé. Les chambres communes, où transistor, télé et bruits s'affrontent, ne laissent pas de place à un vrai sommeil. De plus, les déplacements nocturnes des malades cassent tout repos. J'ai gueulé d'abord. Mais quand j'ai vu à qui étaient destinées les rares chambres à un seul lit, j'ai écrasé. Priorité aux plus atteints.

Dingue que les hôpitaux d'aujourd'hui n'offrent pas le minimum d'intimité dont un être souffrant a tant besoin.

Une équipe d'aumônerie, discrète et efficace, assure le côté irremplaçable de la présence de Dieu au moment où les corps chavirent.

Au fond, la maladie qui frappe relativise les plannings, biffe les rendez-vous, annule l'activité. Et puis, mes équipiers ont la possibilité de se surpasser pour suppléer à la carence du chef. On ne responsabilise jamais assez.

Ma chaise longue est caressée par le soleil qui filtre à travers les pins, au bord du petit chalet serti par la forêt. Les sœurs contemplatives m'ont accueilli à la sortie de l'hôpital, comme seules savent le faire celles qui vivent de l'intérieur.

Il ne me reste plus qu'à prier et à remercier le Seigneur pour les gènes si solides laissés par mes parents. Ce repos forcé, mais accepté, est source de grâces puissantes : le silence et la contemplation.

Seul bruit... Les oiseaux du ciel ! Ils pullulent autour du chalet et m'aident à chanter Dieu, couché.

Troisième Partie

Le plan de Dieu

Le signe le plus urgent de Dieu

Le repas se termine. Chacun a pu s'exprimer. Le père et la mère, au début, sont mes seuls interlocuteurs. Les quatre adolescents, timides, mangent en silence.

Et puis, suite à la tricherie d'un des jeunes, dévoilée entre le fromage et le raisin, la discussion s'anime. Chacun peut dire ce qu'il pense de tout et de rien, d'abord. Les choses plus profondes arrivent vite. Paray-le-Monial, où la famille se rend tous les étés. L'avenir de chacun. Leurs lectures, avec le léger conflit les opposant à leur mère à cause des BD qu'elle planque de temps à autre pour que les jeunes cervelles ne s'endorment pas tous les soirs en compagnie d'Astérix ou de Gaston Lagaffe.

Une prière collective fort belle termine ce repas frugal et riche de l'écoute mutuelle. « Merci, Seigneur, de vivre dans une famille unie » est l'intention de prière d'Adrien. C'est la plus belle.

Point n'est besoin d'ajouter que le père médecin, la mère institutrice appellent leurs jeunes au scoutisme, à l'animation paroissiale (chorale et catéchèse faite par les deux plus grands). La suite est absolument cohérente. Les copains de classe moins doués aidés par les aînés. L'ouverture aux étrangers du quartier.

Issus de la paix qui règne dans une famille, les cercles concentriques de l'amour se multiplient. On ne dira jamais assez que la paix du monde naît de là. Et de nulle part ailleurs. La formidable cohérence des chrétiens part de la cellule la plus petite, la plus naturelle, la plus ancienne, la plus profonde : la famille.

Le Christ n'aurait jamais été ce qu'il a été dans le plan de Dieu si Marie et Joseph n'avaient été là. Cette famille exemplaire reste signe jusqu'à la fin des temps.

Quand je regardais les beaux visages des quatre jeunes qui respirent l'amour, l'innocence et le respect mutuel, je me disais que le plan de Dieu était en marche sur chacun, grâce à tous. Il me suffit quotidiennement de contempler les visages ravagés des jeunes loubards dont j'ai la charge pour comprendre, depuis tant d'années, le massacre « dingue » de ce même plan de Dieu dans ces vies nées innocentes. Violents, tourmentés, menteurs, voleurs, je me disais : « S'ils avaient connu cette atmosphère de paix, quel autre visage ils auraient aujourd'hui ! »

À moi et à mon équipe de leur rendre ce visage de l'innocence qui a disparu sous les coups, les trahisons, les fissures du couple et l'amour absent partout. Mission merveilleuse, terriblement difficile, où tout est à refaire sans cesse. Écouter, repenser, pardonner, façonner, leur apprendre enfin que l'amour est un sentiment dont ils n'ont plus à avoir peur.

Adulte, il ne m'a pas été donné d'avoir d'autre famille. « La plus ingrate », me direz-vous ? « Non ! La plus belle. »

Jésus-Christ a toujours été du côté des perdants. C'est le formidable espoir du chrétien. Partir du plus abîmé, du plus meurtri, du plus oublié pour lui dire : « Tu es pour moi le plus grand au monde. » « Impossible, se dit le massacré. Il ment. Je suis de la merde. Devant ma puanteur, il fuira un jour. »

Rester là et, peu à peu, l'aider à respirer lui-même sa merveilleuse odeur d'humain, aimé et appelé à aimer, c'est l'aventure de la famille humaine. Elle apporte des joies inégalables.

C'est entrer dans le plan de Dieu que de construire sa propre famille à la lumière de l'Évangile.

Que ton combat inlassable soit d'abord celui-là.

Que ton couple soit serein, pacifiant, aimant.

Que tes enfants soient attendus, regardés, aimés.

Et le monde entier s'emplira d'une paix inégalable.

C'est le plus grand signe de la présence de Dieu. C'est aussi le plus urgent aujourd'hui.

L'espérance du chemin de croix

1re station : Jésus est condamné à mort

Évangéliser : « C'est d'abord vivre de telle façon qu'à notre seule façon de vivre on pense que c'est impossible que Dieu n'existe pas. »

C'est pas gueuler Dieu d'abord.

C'est Le vivre, à fond la caisse.

Notre société condamne combien de jeunes, et de moins jeunes, à mort. Luttons pour redonner vie à tant de SDF, de meurtris, de cabossés de la vie.

Tu diras que c'est l'affaire des hommes politiques. Le Christ condamné à mort le dit : « C'est ton affaire. Bouge-toi. Partage. Lutte et aime là où tu es. »

« Seigneur, je T'en supplie. Donne-moi une âme de combattant pour être le guerrier de la seule guerre de notre temps : celle de repousser la misère, la pauvreté, la solitude, l'égoïsme. »

2e station : Jésus est chargé de sa croix

Les toubibs, les infirmiers repoussent la mort, allègent la souffrance. Leurs cœurs, leurs mains, leur puissance créatrice cherchent à guérir la maladie, à apaiser la souffrance. Métier merveilleux de celui ou celle qui ne voit pas d'abord un corps qui appelle à l'aide, mais un cœur qui a besoin du sourire de l'infirmier, des yeux de tendresse du docteur ou du chirurgien qui écoute d'abord.

« Seigneur, donne à tous ceux et celles qui aident les malades : des yeux qui "soignent", des cœurs qui ne s'habituent jamais à la souffrance. »

3e station : Jésus tombe pour la première fois

La vie est faite de chutes, de rechutes, et sans cesse de remontées.

L'épouvantable tuerie du Rwanda a été une gifle immense pour nous tous, chrétiens. Comment ont-ils pu se tuer, se découper, se mutiler entre chrétiens ? Arrêtons de juger. Les forces du mal ont apparemment triomphé. L'espérance est au bout de tout calvaire, quelque terrible qu'il soit.

C'est la lumière fulgurante du Christ qui, seule, saura faire renaître un peuple mutilé dans son cœur d'abord.

« Seigneur, fais que je croie absolument que tu ne permettras jamais qu'on puisse porter une croix trop lourde pour nous. Tu l'as dit. Donne-nous la force de le croire. »

4e station : Jésus rencontre sa Mère

L'œcuménisme est du pipi de chat si, d'abord, nous ne le vivons pas en actes.

Aider nos frères musulmans à faire leur carême.

Admirer cette militante chrétienne qui a décidé de faire elle-même le ramadan pour aider un de mes jeunes musulmans à bien vivre le sien.

Aller chez l'autre jusqu'où je peux pour (tout en gardant notre trésor chrétien) l'aider à vivre des valeurs qui se recoupent dans toute religion, c'est grandir, c'est faire grandir et faire aimer Dieu. Mais

Dieu n'a que faire de tant de religions qui s'opposent. Seul l'Amour Le réjouit. Il rassemble tout.

« Seigneur, que le sourire et le cœur de Marie m'aident à bûcher mes certitudes chrétiennes, tout en partageant ce qui est grand, beau et bon en celui ou celle qui ne partage pas ma propre religion. »

5e station : Simon de Cyrène aide Jésus à porter sa croix

Quelles espérances pour les jeunes d'aujourd'hui ? Un joint au coin des lèvres ? Un verre d'alcool de trop ? Des somnifères pour tout oublier ? Des night-clubs à la musique assourdissante ?

Quatre mille jeunes meurent au cours d'une année de samedi soir en samedi soir, enroulés autour d'un platane en sortant d'une boîte.

Quatre cents se jettent dans la mort parce qu'ils n'ont plus envie de vivre. Et tant d'entre eux qui tentent d'en finir…

Nous avons, adultes, une formidable responsabilité par rapport à nos jeunes !

Soyons des vivants ! Soyons des battants ! Soyons des hommes et des femmes premiers de cordée !

Alors, forcément, nos jeunes nous suivront.

« Seigneur, donne-nous d'être des cœurs qui aiment, des oreilles qui écoutent, des regards où nos jeunes vibreront de joie. Parce qu'ils y liront l'espérance. »

6e station : La sainte Face de Dieu

Nous nous repaissons de médias.

Et nous crachons sur les médias.

S'ils savent révéler l'essentiel et biffer le dérisoire. S'ils savent partir du plus haut en évitant de zoomer au-dessous de la ceinture. S'ils savent dire Dieu dans l'humain le plus pauvre, le plus petit, le plus oublié. Alors les médias diront Dieu.

On a trop de stars.

On a besoin simplement d'étoiles qui guident.

« Seigneur, fais-nous toujours admirer les mille lucioles de l'Église. Nous les côtoyons tous les jours, dans le métro, dans la rue, partout.

« Donne-nous Ton regard pour ça. »

7e station : Jésus tombe pour la deuxième fois

Certains nous font rire. D'autres pleurer. Certains atteignent le fond de notre cœur. D'autres nous ravissent par la grandeur de leur talent.

Tous les artistes nous font admirer la grandeur de la créature de Dieu.

Sans oublier les innombrables jeunes de banlieue qui, dans l'anonymat de salles obscures, aident à créer, imaginer un monde meilleur. Faire rêver d'aller plus haut que notre condition humaine, c'est atteindre l'infini de Dieu.

« Seigneur, fais-moi me dépasser. Fais que les dons que Tu m'as donnés, je ne les garde pas pour moi. Donne-moi, avec mes talents, la joie de les partager.

8e station : Jésus interpelle les filles de Jérusalem

Une école, où l'on ne travaille que l'intelligence d'un jeune, est une école de merde. L'école doit permettre de cultiver les cœurs d'abord. Une école élitiste tuera les plus faibles.

Des professeurs, avant d'être attentifs aux résultats scolaires, cherchant à donner force et puissance aux cœurs et aux esprits de leurs jeunes, sont de grands saints de ce temps.

« Seigneur, multiplie l'amour fraternel dans les écoles. C'est le seul moyen de donner pour demain, à nos jeunes, une colonne vertébrale qui les solidifiera à vie. »

9e station : Jésus tombe pour la troisième fois

Innombrables étoiles sont les groupes de jeunes, de toutes obédiences, de toutes religions, qui consacrent week-ends, loisirs, au service de leurs frères et sœurs.

Aller de boîte en boîte les samedis soir n'est pas le plus sûr moyen d'être grand demain. La grandeur d'un adulte se mesure à sa capacité de don pendant le temps irremplaçable de son adolescence...

« Seigneur, aide les jeunes à choisir le plus dur, le plus exigeant. Fais-leur choisir les sentiers escarpés et fuir les autoroutes de la facilité et du "Fais ce que tu veux et ce que tu sens". »

10e station : Jésus est dépouillé de ses vêtements

Sans patrons, pas d'ouvriers. Sans ouvriers, pas de patrons. Que celui qui dirige soit serviteur d'abord. C'est une grâce de diriger une entreprise.

Parce qu'elle fait vivre.

Parce qu'elle doit d'abord être conviviale.

Parce qu'elle s'occupe d'abord de celui qui est faible et démuni.

Si l'entreprise n'est que compétitive, elle tue l'homme, et ne se sert que de sa sueur pour progresser. Que la sueur du patron (parce qu'il sue aussi) soit force d'amour et d'espérance.

« Seigneur, donne au chef d'entreprise l'humilité de celui qui sert et la combativité de celui qui partage d'abord. »

11e station : Jésus est crucifié

Dur le chemin du malade.
Terrible le sentier du chômeur.
Ardue la route embaumée des fiancés.

Tant de jeunes sans un sou, seuls, les mains dans les poches, à l'âge où l'on sent une telle puissance de créer ensemble !

Tant de gens malades du sida, ou cloués par l'accident terrifiant. Tant de fiancés bâclant leurs fiançailles pour vite convoler et, aussi vite, se séparer.

Apporter jusqu'au bout à celui qui se meurt, dans l'éclat de sa jeunesse, la paix de Dieu.

Ne pas laisser seul le jeune qui, sans un centime, écoutera très vite les sirènes du marché de mort de la drogue.

Aider, dynamiser les fiancés pour les aider à se préparer à ce moment unique où ils se diront « oui » pour la vie.

« Seigneur, guide-moi sur tous les sentiers où tant de jeunes côtoient précipices et abîmes. »

12e station : Jésus meurt sur la croix

Les trois derniers jeunes que j'ai enterrés sont partis violemment, à l'image de leur jeune vie désarticulée.

Christine s'est jetée d'un balcon au cours d'une drogue-partie.

Philippe est mort d'overdose la nuit de Noël.

Nicolas est mort, au cours d'un hold-up, de trois balles dans la tête. Il sortait de prison.

Revoir ces visages une dernière fois est toujours terrible pour moi. Et puis jaillit toujours cette prière : « On se retrouvera. Vous êtes dans l'Amour maintenant. Cet Amour que désespérément vous n'avez pas pu, ou pas su, atteindre sur terre. »

« Seigneur, donne-nous de rester en union avec tous ceux et celles qui sont dans Ton Cœur maintenant. »

13ᵉ station : Jésus est descendu de la croix et remis à sa Mère

Grâce à la télé, le monde est chez moi. Je peux le contempler avec indifférence, voire lassitude.

Je peux aussi porter la croix des chrétiens persécutés dans le Sud-Est asiatique, au Soudan, en Arabie Séoudite et dans tant d'autres pays.

Je peux aussi dépasser ma propre religion pour porter la croix des bouddhistes laminés au Tibet, des musulmans dont on rase les mosquées en Yougoslavie.

Je peux... être dans le cœur du monde et vibrer à toute détresse.

« Seigneur, fais-moi croire que, si je grandis, le monde entier se réchauffe. Si je rapetisse, le monde entier se refroidit. Fais-le-moi croire pour ne rester indifférent à aucune blessure, à aucune injustice. »

14ᵉ station : Jésus est déposé au tombeau

Le prêtre est un sourcier de Dieu. Plus humble que lui tu meurs.

Le prêtre est un vivant. À condition de vivre dans le monde et de n'avoir pas peur de patauger dans la boue la plus sordide.

Le prêtre est un éclaireur. Il doit avoir son rétroviseur pour admirer l'immense avancée de l'Église. Et sa longue-vue pour vibrer avec l'Esprit qui le fait avancer.

Le prêtre est un besogneux. Aucune tâche ne le

rebute. Il ne fait pas de grandes choses. Il avance à petits pas, les petits pas de l'amour.

Le prêtre est un mystère. Quoi de plus grand que de faire descendre l'Amour dans ses mains nues !

Il n'est qu'un serviteur. Son modèle, c'est le Christ.

Ses pasteurs, c'est Jean-Paul, et son lieutenant : son évêque.

Son travail prioritaire : le plus petit de ses paroissiens.

Aucun champ ne lui est interdit. Avec charrue ou bulldozer, il bosse là où il est conduit.

« Seigneur, Toi qui appelles toujours à moissonner dans Ton champ, donne aux pasteurs de Ton Église la force de l'espérance, la solidité de la foi et la puissance de Ton Amour. »

Alors sa vie appellera à la sainteté.

La sainteté, c'est la joie.

Être un saint, c'est se révéler par sa vie conducteur de joie.

Ça fait forcément des petits.

L'espérance du taulard

Rien ne se fera sans toi

La prison est un lancinant problème parce qu'elle provoque, insinue, construit, crée et amplifie la violence de ceux qui l'habitent.

Faire des prisons humaines est une priorité absolue. Personne ne planche là-dessus. Les treize mille places de M. Chalandon, ministre de la Justice (ou plutôt de la Désespérance) sont le résultat aberrant de technocrates stupides et imbéciles n'ayant connu les prisons qu'en bandes dessinées.

Je visite le mitard de cette prison de province, une des nombreuses porcheries toujours au hit parade de la déshumanisation des prisonniers.

Trois cellules de béton. Un lit de fer. Deux par cellule. Interdit. Mais plus de place pour les punis. Alors on entasse.

« Ils dorment toute la journée », me dit un surveillant. « Grâce aux cachets largement fournis », devrait-il ajouter.

Honteuses et aberrantes cellules de punition. Retour au Moyen Âge.

Des sidéens, presque au stade final de la maladie, entassés avec les autres.

Horreur du spectacle permanent de ceux qui offrent les signes apparents et effrayants de la maladie qui va les tuer. Ces « pestiférés » vont subir de la part de leurs codétenus la lente mort infernale de la répulsion, du rejet.

La plupart des détenus sont psychologiquement à hauts risques. Ils nécessiteraient alors, comme pour les hôpitaux, des gens compétents, des psychologues, des éducateurs formés et préparés. Un psychologue pour cent ou deux cents détenus est la moyenne actuelle en prison. Une heure de causette tous les trois mois pour les plus atteints ! Difficile de mieux dire à un prisonnier qu'il est de la merde, ou pire, qu'il n'est rien, qu'on se fout complètement de sa santé psychique. Celle qui est la plus détériorée.

Droit de vote quasiment interdit ! Quelle connerie ! Je ne vois pas en quoi un délit empêche de voter, de s'exprimer, d'avoir un avis sur la politique de son pays. Et les inculpés, supposés innocents, partageant ce refus d'appartenir à des citoyens à part entière, ne font qu'accentuer cette injustice.

Le travail, dur en prison, ne donne droit qu'à un salaire de misère. Les syndicats ne peuvent pas, ou ne veulent pas, intervenir. Des zombis n'existent pas. C'est connu. Sauf dans les films d'horreur. Et dans les prisons.

Les conditionnelles et provisoires ne sont données qu'au compte-gouttes. Bonjour l'espoir de réinsertion. Ou plutôt d'insertion.

Logique. On multiplie les matons et les flics. On diminue le nombre des éducateurs. Personne dehors pour le suivi long, difficile de celui ou celle qui sont sans un centime souvent. Donc on pousse jusqu'au bout de la peine. Jusqu'au bout de la haine.

Il faudrait des vocations de surveillants. Ridicule, me diras-tu ! Pas du tout. On a vocation d'être infirmier, d'être éducateur, pourquoi pas celle d'être surveillant ?

Le jour où des jeunes motivés (non pour garder des fauves dangereux mais des humains qui ont fauté, suite à mille et une embûches familiales, sociales, économiques) apparaîtront dans les prisons, celles-ci auront enfin une âme.

Les surveillants manquent d'âme.

Ce n'est pas la peur du chômage, ou la certitude d'un boulot solide qui donne de l'âme et de la force. Mais servir des vivants, croiser des frères et sœurs, apprendre à responsabiliser, mettre sur la route de l'avenir, donne du cœur à l'ouvrage. Et empêche de prendre en otages des prisonniers, quand sa profession est en péril.

Le malaise actuel des surveillants est dû à une profession qui n'est pas valorisée. Également à un recrutement de gros bras d'abord et à des avantages niés et auxquels ils auraient droit.

C'est par là qu'il faut commencer d'abord. À l'intérieur de la détention, des adultes généreux, forts et ouverts sauront trouver avec les taulards les chemins de l'espérance.

Enfin la lutte d'aujourd'hui et de demain ne dépendra que de ceux et celles qui sont dedans. Dehors on peut toujours gueuler, dénoncer, on ne sert pas à grand-chose. Parce qu'on est dehors. C'est toujours de l'intérieur que les choses changent.

Pour cela, la possibilité donnée aux prisonniers de s'organiser, s'autogérer pour donner du souffle à leur vie d'enterrés, empêchera l'administration pénitentiaire de tout gérer, sanctionner, décider, punir sans contrôle, sans contre-pouvoir.

L'Hexagone ne serait qu'une immense prison, si droite ou gauche ou centre ou extrêmes n'étaient pas là, pour, en notre nom, et en fonction de nos sensibilités, nous aider à voir clair et le plus juste possible.

Toute espérance est possible si tout ce qui est acquis pour rendre plus humaines les prisons, perdure. Beaucoup de petites choses ont été faites. Une immense tâche reste à faire. À toi, à moi de ne jamais baisser les bras.

À toi, taulard surtout, de savoir, de croire et de militer pour que demain ceux et celles qui te suivront ne sortent pas de taule la haine à la bouche et la récidive inéluctable.

L'espérance t'appartient. Mais rien ne se fera sans toi.

Porter leur colère

Entrée du palais de justice. Je fonce avec du retard pour un rendez-vous avec un juge d'enfants. Une longue file devant le portillon-détecteur.

J'attends avec un jeune. Un policier tendu fait passer une à une les personnes. Nerveux, tatillon, il donne ordres et contrordres. J'arrive à mon tour. Il nous dit sèchement de ne pas bouger. Ma réponse ne se fait pas attendre : « Ton ordre est idiot. Tu vois bien qu'on ne bouge pas. » Et stupidement il me redit de ne pas m'avancer, bien qu'il n'y ait personne devant moi. Excédé, je dis au jeune d'avancer et je le suis. Le policier nous arrête. Furieux, je passe avec le jeune. Le ton monte. Le jeune intervient violemment. Il est au bord de l'insulte. Je l'arrête et prends la relève : « C'est pas possible avec une file pareille de bloquer les gens pour rien. » Et m'adressant au chef : « Tu devrais mettre ton petit copain à un autre poste. Il pousse les gens à bout. »

À la sortie du tribunal, le jeune et moi retrouvons le même policier. Le chef, prudemment, l'avait déplacé à un poste où il surveillait sans contrôler.

Le jeune me commente plusieurs fois ce petit fait. Il suffisait de voir ses yeux de haine quand il regardait un policier pour comprendre le tabassage qu'il me disait, un jour, avoir subi dans un commissariat. Il m'a dit que c'était la première fois qu'il s'était retenu pour ne pas entrer dans un policier.

Avoir porté sa colère était ce jour-là la meilleure façon de lui éviter l'explosion.

Le peuple de la rue a, enfouie au fond de lui, une formidable bombe à retardement. Leur violence, leur haine, leur révolte m'ont toujours stupéfié. Elles ne sont jamais passées en moi. Mais il me faut les porter avec eux pour éviter, dans certains cas, l'irréparable.

Combien de fois m'a-t-on reproché ma violence verbale dans les conférences. Ma réponse tombe, toujours la même : « Certains jeunes dans cette salle ont subi de telles choses, de telles agressions, de telles enfances que je ne peux, en leur nom, parler tendrement de leur vécu. Qu'avec leurs mots j'exprime leurs situations, c'est les aider à porter leur colère.

« Et peut-être vous, nantis de confort et d'amour, comprendrez-vous mieux ce soir ce que sont les jeunes de la rue.

« Des termes gentils et académiques vous feraient sortir de cette salle en n'ayant rien compris. »

De prison en prison, quand je dialogue avec des taulards, je suis impressionné par leur colère, leurs revendications brutales, sans nuances, les faits très durs qu'ils me dévoilent.

Là, faire très attention. Moi, je sors dans une heure. Eux et elles restent ici des années. Mais les aider à exprimer ce qu'ils ont sur le cœur avec la violence de leurs mots, c'est les apaiser.

« Curé, t'es à la limite plus violent que nous », me dit un jour un prisonnier.

Je veux seulement les aider à porter leur colère et les appeler à l'espérance.

Je m'y emploie.

Les grands… échaudés

Comme il est étonnant qu'Alain, ancien ministre, découvre dans sa cellule de la prison de Lyon qu'il n'y a pas d'eau chaude ! Quels sont les gens que fréquente donc un maire doublé d'un ministre pour ignorer à ce point les carences des prisons françaises ?

Il est vrai que le genre de citoyens qui fréquentent habituellement ces établissements ne votent pas.

Donc, rayés automatiquement de la carte des visites obligatoires qu'un élu se doit de faire pour réchauffer ses troupes ou les appeler à voter pour lui.

Un P-DG français de classe internationale, « hébergé » dans une maison belge, vient de découvrir le protocole particulier des maisons d'arrêt. Assistant à la messe, il a eu l'outrecuidance de se lever pendant le « Notre Père ». Heureusement, un maton était là pour le prier dare-dare de se rasseoir. Effectivement, les grands de ce monde, reçus partout avec tapis rouge, confort luxueux et révérences, ne peuvent être au courant de la liturgie très rigide des messes pénitentiaires ! Et le misérable pull que, frigorifié, le même P-DG avait quémandé à l'aumônier, fut confisqué sur-le-champ. Avec réprimande à l'appui pour ne pas avoir rempli le formulaire adéquat qui permet la livraison du vêtement demandé... dans les jours qui suivent.

Vous me direz : « T'es vache de plaisanter ainsi sur les prisonniers, pécheurs de grand renom qui chutent un jour et découvrent, d'un seul coup, l'univers carcéral. »

Non, pas vache. Mais ras le bol d'entendre les plaintes innombrables des taulards qui sont considérés comme le rebut d'une société. Les élus, n'écoutant d'ordinaire que leurs électeurs, ne découvrent qu'une fois devenus eux-mêmes pestiférés, la condition de paria de l'inculpé.

On ne peut souhaiter à quiconque la prison.

Puissent ceux qui ont pignon politique, médiatique ou financier sur avenue, et qui de plus en plus emplissent les taules de France, avoir cette crédibilité qui leur permettra une fois sortis (ils sont toujours libérés très vite) de prêcher pour des prisons humaines. Passer des allées du pouvoir, tapissées d'or et de rouge, aux couloirs d'une prison est pire que d'être un habitué de ces mêmes couloirs depuis l'adolescence.

Prêtre des loubards, j'ai une tendresse particulière pour eux.

Je leur écris toujours, à ces grands échaudés, une carte amicale en omettant de joindre des timbres neufs. Quoi qu'il arrive, ils ne seront jamais des indigents.

Là où il n'y a pas de volets

Pierrot, tu n'arracheras plus mes volets en sortant de taule. Le Seigneur vient de t'ouvrir l'immense fenêtre de l'éternité. Là où il n'y a plus aucun obstacle à la relation.

Ta mort, la nuit de Noël, a été pour moi un coup de poignard. T'en avais marre de vivre. Alors, la nuit, tu as dilué dans de l'alcool plusieurs plaquettes de cachets. Et tu es passé sur l'autre rive.

Tu sortais de taule pour la énième fois. Combien de fois j'ai contemplé ton visage dans le parloir des prisons. Ta ressemblance stupéfiante avec ton jumeau qui t'accompagnait souvent dans les mêmes prisons, les mêmes cellules, les mêmes détresses, m'émerveillait.

Vous aviez une complicité prodigieuse. Au bout de sept ans d'accompagnement, je ne vous distinguais pas l'un de l'autre.

Vous aviez une seule carte d'identité, un seul permis pour deux... Les filles que vous aimiez passaient d'un lit à l'autre sans s'en apercevoir.

Vous fonciez, à chaque sortie de prison, pour me rencontrer. Une nuit, Pierrot, tu n'as pas pu supporter de ne pas me voir. Alors tu as arraché mes volets. Tu t'es coupé le tendon de la main. Il y avait du sang partout sur le trottoir. La police est arrivée. Moi, peu après.

Trois heures plus tard, la main pansée, tu avais fui l'hôpital pour revenir discuter avec ton frère. On a passé un bout de nuit dans un bar comme tu aimais tant. Tu ne souffrais apparemment pas malgré ta blessure si douloureuse. Tu avais le cœur blessé,

Pierrot. Cette douleur-là dépassait toutes les autres. Ton regard qui me happait, avec ton double, est resté en moi. Il me hante. Pour mieux aimer. Pour mieux servir... Pour comprendre surtout ta blessure terrifiante que, seul, Dieu peut guérir maintenant.

Là où il n'y a pas de volets à arracher pour rencontrer enfin l'amour.

L'espérance de l'Europe
ou Prions pour une Europe de l'Espérance

Seigneur, on avait déjà pas mal de boulot à rester bien français, à passer un temps appréciable à se chamailler, à contester, à râler.

Et l'Europe nous tombe dessus.

Va falloir sortir de nos bagarres internes pour les exporter !

Fais qu'on exporte autre chose que les conflits qui nous déchirent. Il y a tant de misères en dehors de l'Hexagone ! Lançons toutes nos forces au service de la solidarité, du partage et de l'amour fraternel.

Nos frères et sœurs étrangers sont un de nos points de fixation.

Ça nous emmerde de faire de la place aux immigrés. On ne conteste pas leurs balais qui nettoient nos rues. Loin de là. Mais que leurs femmes aient osé faire des enfants, qui sont français selon notre loi, ça c'est le comble pour beaucoup.

Seigneur, apprends-nous à ouvrir nos cœurs à cette immense Europe où douze nations vont s'entremêler. Nos petits vont se poloniser, s'italianiser, se roumaniser... Ils ne nous ont pas attendus, d'ailleurs, pour s'arabiser ou s'africaniser...

Tant mieux pour notre sang.

Tant mieux pour notre culture.

Puissions-nous, Seigneur, garder notre génie français, dans cet immense mouvement.

Reste au cœur de l'Europe, Seigneur.

Puissent, Seigneur, nos bombes, nos armes et nos

panoplies guerrières rester au musée de l'histoire de la France.

Aide-nous à bâtir une armée de combattants, décidés à éliminer misère, délinquance, pauvreté, chômage.

Que cette guerre sans fin soit la seule guerre de l'Europe, Seigneur.

Tu sais, Seigneur, notre fainéantise à apprendre la langue de l'autre. Donne-nous assez d'amour pour avoir la force de travailler d'arrache-pied pour connaître les mots de l'autre.

Ça le réjouira et ça l'aidera sans doute à vouloir apprendre, à son tour, ce qui fait partie de notre génie.

Tu connais, Seigneur, notre cocorico orgueilleux et exporté partout.

Tu as sans doute appris qu'on est « la fille aînée de l'Église ».

Que l'Europe devienne une immense Église, si belle, si humble, si proche des petits que personne ne la jalousera.

On ne jalouse pas l'amour, on le copie.

Fais que la fille aînée de l'Église soit l'Europe, Seigneur.

On dit que l'Europe de Maastricht est d'abord l'Europe des gros sous, et de ceux qui en ont plein les poches.

Si c'est vrai, Seigneur, fais se lever des hommes et des femmes qui combattront d'abord auprès de ceux et celles qui sont marginalisés, écrasés, sans défense. Tous les laissés-pour-compte sur l'autoroute financière et politique de l'Europe, qu'ils soient nos frères et sœurs prioritaires, Seigneur.

Seigneur, donne-nous les armes pour combattre la plus grande drogue qui envahit l'Europe : l'argent. Elle empuantit tout, touche petits et grands. Elle vicie tout et tue plus sûrement que les drogues tabagiques, hallucinogènes ou alcooliques.

Apprends-nous à vivre dans le nécessaire et à nous

contenter d'un confort légitime. Mais donne-nous ce regard insatisfait... dès qu'on découvre autour de nous tant de souffrances, de manques, d'appels de détresse.

Et puis nous savons bien, Seigneur, que les douze nations qui nous font européens, sont à quelques heures de misères sans nom.

Ces misères-là, Seigneur, fais-nous-les voir, les sentir, les comprendre. Nous avons en effet pillé, importé à si peu de frais les richesses naturelles de tant de pays, dans un hold-up étatisé, légalisé...

Donne-nous, Seigneur, de nous repentir en rendant à tant de nations leur dignité. Au prix, Seigneur, d'un bout de notre budget familial et national.

Donne-nous, Seigneur, la force de nous organiser pour cela. D'abord dans notre cellule familiale.

Notre Église de France va se trouver bouleversée par les échanges multiples avec toutes les Églises.

Que notre accueil intérieur soit prioritaire.

Si Tu es au cœur de nos vies, on n'aura aucune peine à ce que l'Église d'Europe soit phare, lumière et unie.

Enfin, Seigneur, nos jeunes sont européens avant nous, adultes. Nous, adultes, on parle, on palabre, on cherche notre intérêt, on fait des commissions innombrables et un peu plus encore de sous-communions pour bâtir l'Europe.

Nos mômes, eux, sont à l'heure européenne et planétaire.

Donne-nous leur regard gratuit, leur tolérance, leur don instinctif d'eux-mêmes, leur sens de l'autre, leur prodigieuse communication.

Puisse, Seigneur, l'Europe avoir le regard de nos enfants.

C'est pour eux qu'on l'a bâtie, paraît-il.

Alors que cette terre européenne, si belle, reste intacte, propre, vierge, pure.

Elle Te chantera alors, Seigneur. Que l'Europe soit une terre d'amour et d'action de grâces.

Chacun et chacune compte.

Fais de nous des bâtisseurs militants, aimants, tolérants, ouverts, solidaires.

Bâtir l'Europe de demain est déjà trop tard.

Merci, Seigneur, de nous mettre en marche, aujourd'hui.

Pour l'Europe d'aujourd'hui.

L'espérance de l'Algérie...

L'espérance gagnera

Dans l'avion déjà, je savoure la joie de retrouver cette terre que j'aime tant. Ce rendez-vous est toujours bloqué. Tous les ans, je participe à la retraite sacerdotale du diocèse d'Alger qui m'a appelé au sacerdoce. J'ai quitté l'Algérie il y a vingt-cinq ans.

À côté de moi, une jeune fille pleure. Je ne sais quoi lui dire. Soudain, elle a besoin de parler, de crier que son frère a été assassiné il y a deux jours, parce que son « crime » était d'être policier. On tue là-bas des costumes, des fonctions, des professions. Dans un certain ordre, démoniaquement établi. Au nom d'une aberration qu'on ose appeler l'islam. Pas la religion qu'on connaît, qu'on respecte et à laquelle adhèrent un milliard de croyants. Mais au nom d'une folie politico-religieuse qui éclabousse de sang tout opposant, ou intellectuel ou représentant du pouvoir algérien actuel. D'abord pour faire peur. Ensuite avec l'espoir fou que tout basculera dans un pouvoir démentiel où Dieu et le pouvoir seront soudés inextricablement.

Puissent les deux Français qui viennent d'être assassinés ne pas entrer dans une nouvelle « rubrique », servant de ligne de mire !

À mon arrivée dans la cathédrale d'Alger, comble, j'assiste à l'enterrement de Mgr Scotto, l'ancien évêque de Constantine, en présence du Premier ministre algérien.

Un mec chouette, Jean Scotto. Je le connaissais depuis 1960. Truculent, grossier parfois, les mots ne l'embarrassaient pas. Il avait le parler du petit peuple qui l'adorait. Pieds-noirs et Arabes confondus. Paradoxalement, certains de ses ennemis irréductibles, c'était dans son peuple chrétien qu'il les avait trouvés.

Les menaces de mort affluèrent à son presbytère. Son église et son presbytère furent plastiqués. Cet incorrigible amoureux de l'Évangile continuait à prêcher à temps et à contretemps. Il est allé, un jour, jusqu'à bloquer les portes de son église pour que ses paroissiens, qui refusaient d'écouter parfois ses prêches, entendent ce jour-là une lettre pastorale de Mgr Duval, l'archevêque d'Alger.

Un culot évangélique à la hauteur de l'homme de Dieu.

Sa fidélité familiale, qui allait d'abord à son peuple de pieds-noirs dont il était issu, l'a amené à se faire algérien, avec les Algériens. Sa nationalité algérienne n'était pas de façade. Il a été élu après l'indépendance à l'unanimité pour être le représentant de son quartier en conseil populaire de la ville d'Alger.

Dors en paix, Jean. Et prie de là-haut pour ton peuple meurtri. Il hurle de manque d'espérance.

À 3 heures du matin, je récite mon chapelet avant de dormir. L'autoroute à deux cents mètres est silencieuse. Le couvre-feu permet aux chouettes de s'exprimer dans le parc et à une horde de chacals de japper au loin. Il me rappelle ce même silence, il y a trente-trois ans, à Alger. Nous étions alors les oppresseurs qui imposions ce même couvre-feu.

Puissent ceux d'aujourd'hui qui veulent tuer l'espoir s'apercevoir enfin que cette terre meurtrie a un immense besoin de vivre libre !

Osons prier avec Jean pour que l'espérance gagne.

En cette nuit de fin d'été, le ciel d'Algérie est constellé d'étoiles. Les chiens errants qui pullulent prennent le relais du bruit lancinant de l'autoroute proche. Des coups de feu sporadiques trouent la nuit si belle. Comme j'ai aimé la douceur de ces nuits! Leur parfum particulier, découvert durant la guerre où j'étais infirmier, je le ressens ce soir, intact, plus de trente ans après.

C'est une joie très grande de retrouver mes frères prêtres pour la retraite sacerdotale. Joie de prier avec eux et d'échanger. Et surtout, dans les temps si durs vécus ici, communier à l'angoisse et l'espérance d'une Église si petite mais si proche de l'Évangile. L'Église d'ici est devenue servante, pauvre, proche. Elle partage, avec un peuple qu'elle aime et sert, des journées de peur et les lendemains si sombres. Elle vibre aussi à l'espérance toujours possible d'horizons dégagés où la violence refusera enfin de dire le dernier mot.

Elle croit, comme tant de musulmans, que Dieu ne peut être servi que dans l'amour, la paix, la concorde. Elle refuse de croire, avec la plupart des fidèles de l'islam, que Dieu a soif de sang, de tuerie, de carnage pour être adoré, prié, loué. Et qu'en son nom on ne peut affirmer un quelconque leadership spirituel ou politique, en égorgeant, martyrisant, écrasant. Seuls, les animaux le font.

C'est leur loi instinctive pour survivre, dominer, régner. Pas nous. Musulmans et chrétiens, nous avons des livres somptueux, d'une beauté incomparable, qui parlent d'amour, de tolérance, de respect. La haine et la vengeance n'ont aucune place dans nos Livres saints. Si nous savons les lire. « Dieu seul jugera » est une constante qui nous fait mettre, dans les mains de Dieu, nos mains. Avec leur charge de pardon, de compassion, de miséricorde.

Puissent les martyrs musulmans de Bosnie intercéder pour leurs bourreaux qui les ont massacrés, ont détruit leur temple et ont construit des parkings à la place de leur mosquée.

Demandons aux récents martyrs chrétiens d'Algérie, Henri et Hélène, de pardonner aux tueurs qui jugeaient agressive une vie d'amour, de solidarité, d'effacement au service des jeunes d'Algérie.

Dieu est si grand et si bon qu'il ne résistera pas à l'appel des musulmans et des chrétiens qui, de par le monde, donnent leur vie.

L'offrande de soi pour la paix n'est jamais vaine. Dieu en fera des germes d'espérance et de réconciliation.

L'espérance de la télé

Violence de l'image

« Insipide – Caresse dans le sens du poil – Soporifique – Se fout de la culture – Se contrefout de la "spiritualité" – Images de violences – Du sang – Du sexe à gogo... »

Notre télé a droit à ces poncifs et à tant d'autres. Ce n'est pas le moment de gloser là-dessus. Retenons aujourd'hui seulement les images fortes qu'elle nous donne. Celles qui font appel à la violence de l'Amour, de l'Espérance, du Pardon. Pour cette violence-là, dévoilée, nous ne lui dirons jamais assez notre reconnaissance.

Fabiola, la reine des Belges, toute de blanc vêtue, au milieu de masques royaux funèbres, nous a offert un formidable témoignage de l'Espérance. Son visage rayonnant et triste à la fois, ses mains serrant d'autres paluches royales au moment du « Notre Père », ont marqué des millions de téléspectateurs. La télévision, ce jour-là, a balayé les convois mortuaires chrétiens à l'ordonnance larmoyante qui pleurent l'être cher et font oublier l'Espérance éternelle.

Malgré les critiques de tout bord, faire défiler les soldats allemands sur ces mêmes Champs-Élysées, arpentés chaque jour par l'armée allemande durant l'Occupation, conforte tous ceux et celles qui ont pardonné, cinquante ans après. Malgré les blessures restées vives chez certains anciens, la vision des peuples réconciliés défilant côte à côte, en oubliant leurs déchirures, donne aux jeunes d'aujourd'hui la possibilité de bâtir une Europe d'Espérance. Ces images-là nous font entrer dans l'ère du Pardon.

Jean-Paul II devisant fraternellement avec son bourreau reste dans toutes les mémoires. Sa santé défaillante est en partie due à ces balles qui l'ont traversé. La haine, la vengeance courent souvent à travers notre écran. Qui peut résister à la violence pacifique de la victime entrant dans la cellule du bourreau et l'embrassant au vu du monde entier ?

Au cœur de la catastrophe où s'est englué le Rwanda, entendre et voir tant d'apôtres, chrétiens ou pas, qui ont décidé de rester coûte que coûte au milieu d'une foule enivrée de carnage et de sang, et maintenant décimée par la famine, sacralise ce que l'homme porte de meilleur. Mais ces visages héroïques qui nous hissent au-delà de l'horreur nous rappellent que dans la pire des ordures brille un soleil caché.

Puisse la télé nous apporter un max de soleil et nous appeler sans cesse à trouver, dans les pires moments, les pires images, des raisons d'espérer.

Les envoyés de Dieu

La reine et les loubards

Assis sur les marches qui accèdent à notre permanence, je me redisais : « Si c'est un canular, il est de taille. Si c'est vrai, alors chapeau ! » J'attendais là, simplement, avec deux loubards, Sa Majesté la reine de Belgique.

Elle s'était fait annoncer huit jours avant. Incrédule et stupéfait, j'avais accepté ce rendez-vous. Ici dans notre lieu de vie parisien, comme elle le désirait.

Une puissante Mercedes suivie de la voiture accompagnatrice des gardes du corps arrive, pile à l'heure. Croyant saluer la reine, je fonce vers sa dame de compagnie qui me fait un signe discret en direction de Sa Majesté !

Impair impardonnable dans un palais royal ! Paola sourit. Elle est dans la rue, là où l'on peut se tromper.

Visite rapide de notre permanence. Stupéfaction de Paola de voir sa nudité et le couloir où les jeunes dorment à même le sol, avec un petit matelas. « Ne vous y trompez pas, madame, ils ne viennent pas chercher ici le confort. Mais compter pour quelqu'un. »

Mon équipe présentée, ainsi que les deux jeunes qui étaient là, la discussion dure longtemps. Deux heures où la reine de Belgique veut s'informer des espérances et de la détresse des jeunes d'Europe. Passionnant moment où celle qui succède à Fabiola veut savoir sur le terrain ce qu'elle peut apporter aux jeunes Belges à la place où elle se trouve. La tragédie des fins de semaine, où tant de corps de jeunes s'envolent, encastrés dans leur voiture. Les boîtes innombrables qui fleurissent partout. L'alcool et la drogue qui, aussi tragiquement, les perdent quelques heures ou toute leur vie dans des rêves inaccessibles. Et les happent dans un étau infernal.

La reine est franche, ouverte, curieuse et belle, très belle. Ce qui ne gâte rien quand on doit présenter partout son minois à un peuple qu'on chérit.

Gangster, durant l'entretien, se gratte royalement. Un loenberg, chien de grande race, peut se permettre de telles fantaisies devant une visiteuse illustre. Lascar, lui, dégueule tripes et boyaux devant la dame de compagnie. À mon avis, des relents suspects de 1789... Brigande se laisse caresser par la main royale amoureuse des clébards.

La discussion court, passionnante, riche de ce qu'aime Paola, éprise d'une jeunesse déroutante, parfois violente, mais qu'elle aime profondément.

Nordine, jeune Marocain, que la Belgique m'a confié pour l'aider à quitter les chemins bordés de précipices où il se perdait, est là. Chouette moment où il demande à la reine de pouvoir l'aider à sortir de difficultés administratives complexes.

Et c'est le départ. Un dernier au revoir. Une ultime recommandation : « Attention, vous fumez trop », et la reine s'engouffre dans sa voiture pour retrouver son peuple.

« Merci, Paola, pour ce moment discret, sans flash, sans caméra. Puisses-tu rencontrer partout dans cette Belgique que tu aimes tant, ce peuple de petits qui est la passion de ma vie. Ce sera ton plus beau titre. Parce que c'est là, vraiment, que tu seras reine. »

Ce sang qui crie vers Dieu

Jamais nous n'avions été aussi nombreux durant ces jours de retraite sacerdotale, en septembre dernier, autour d'Henri, l'archevêque d'Alger. Depuis vingt-cinq ans que j'ai quitté ce diocèse tant aimé (en y revenant chaque année pour prier avec mes frères), je n'avais jamais senti une telle tension. Par contre, à chaque Eucharistie, je restais fasciné par la gravité et la beauté sereine qui émanaient de chaque visage. Quatre de ces visages viennent de disparaître pour toujours. Quatre prêtres épris de cette terre et assassinés parce qu'ils portaient l'Amour au-delà d'eux-mêmes.

Henri avait été parfaitement clair : « Ceux qui ne se sentent pas sûrs de pouvoir affronter le terrible quotidien, mieux vaut leur conseiller de partir. Ceux qui sentent qu'ils peuvent vivre dans ce climat de guerre civile, en communion avec les Algériens, alors qu'ils restent. »

« Notre arme, c'est la prière », a dit magnifiquement un prêtre resté là-bas. Souveraine et incompréhensible contre-attaque du combattant de Dieu. Du vrai. De celui qui plonge dans le cœur de l'Amour divin.

L'idéologie démente qui leur fait face, au nom du même Dieu, en continuant implacablement son œuvre de mort blasphématoire, disparaîtra de façon certaine. Parce que le sang de tant de martyrs musulmans et chrétiens crie vers Dieu. C'est le sang innocent de ceux qui n'ont que leurs mains nues et leur passion de l'homme libre qui gagnera. Absolument.

Si l'humain, à l'aube du troisième millénaire, devient expert en humanité, il le devient aussi en bestialité. Le génocide du Rwanda, l'horreur planifiée à l'aéroport de Marignane ou dans tant de villes algériennes, sont des réalités cauchemardesques. Les témoins qui ont donné leur vie, aussi bien en Afrique qu'actuellement en Algérie, sont les semences étincelantes de la paix de demain.

Le chrétien n'a pas à jouer au martyr. Mais ces prêtres, religieux ou religieuses, enfouis dans la terreur quotidienne dont ils savent être les cibles prioritaires, sont un des plus grands signes de l'Amour gratuit de Dieu. Cette attitude chrétienne de présence et de courage, solidaire d'un peuple à 99 pour cent musulman, ne peut être taxée de prosélytisme. C'est sans doute cela qui fait horreur au FIS.

L'immense peuple des musulmans modérés et cette minuscule Église algérienne savent déjà que les sangs mêlés de tant d'innocents massacrés, d'imams égorgés ou de prêtres mitraillés ouvrent une ère nouvelle. Cette ère, attendue par tant de jeunes écœurés et déroutés par ces tueries interreligieuses, sera celle où nos différences s'embraseront pour ne plus chanter qu'un seul Dieu Amour.

On était si différents…

Il adorait les longs repas d'anniversaire et se délectait de préparer longuement à l'avance menu, place de chacun et ordonnance de la table. Je déteste de tels repas et commence à trépigner dès le hors-d'œuvre englouti.

Il voulait absolument que j'emporte la quête du dimanche quand il m'invitait à prêcher, chaque année, dans sa paroisse. J'ai en horreur ces sous liés à la parole de Dieu. Il était bien le seul prêtre qui me faisait baisser ma garde face à l'argent déversé dans les temples.

Il était friand de la presse de droite. Je me régale de celle de gauche. Nos discussions étaient homériques quand nous abordions maints sujets.

Il aimait les vieux meubles, les décors Second Empire. Je ramasse en général dans les poubelles de quoi meubler mon minuscule appartement.

Seule l'amitié, que nous cultivions comme un des plus beaux jardins de Dieu, nous permettait de passer sur nos différences humaines et cléricales…

Notre première rencontre avait pourtant tout lieu d'être la dernière, un soir d'été d'il y a vingt-neuf ans, à Clermont-Ferrand. Imaginez un prêtre portant beau, clergyman et allure hiératique, découvrant à la porte de son presbytère un autre prêtre, chevelu, habillé d'un burnous et accompagné de cinq jeunes Algériens ! Les salutations d'usage furent glaciales : « De mon temps, un prêtre, ça se voyait au premier coup d'œil ! – C'est pas au mètre carré de chiffon qu'on se rend crédible comme prêtre. » On en était restés là.

Je suis revenu chaque année.

Pierre avait la fidélité chevillée au corps. J'en ai le culte. Notre rencontre ne pouvait se cimenter que sur ce socle indestructible où les différences s'effacent ou s'enrichissent.

En vieillissant, il s'entourait de jeunes du village qui apportaient à sa retraite la chaleur juvénile qui rend un octogénaire proche de son temps.

Il célébrait très bien l'Eucharistie. J'aimais tant sa voix cristalline qui, à quatre-vingt-cinq ans, n'avait pas perdu de sa fraîcheur ni de sa force.

C'était un prêtre de l'ancien temps. C'était un prêtre d'aujourd'hui.

« L'amitié sacerdotale est le huitième sacrement », nous répétait inlassablement l'ancien archevêque d'Alger, Mgr Duval. Je l'ai vécu avec Pierre.

Son beau regard bleu, son sourire malicieux ont fait sereinement le passage vers l'au-delà. Il pourra enfin, lui qui aimait tant les rencontres autour d'une table, participer à l'éternel banquet de l'Amour. Je ne manquerai pas de l'y rejoindre un jour.

Il y aura bien, au ciel, quelques loubards qui auront besoin de moi. Comme d'habitude, Pierre, je te quitterai à la fin du hors-d'œuvre pour les rejoindre. Et je n'entendrai plus : « De mon temps... » Il n'y aura plus de temps. Il n'y aura plus que l'Amour.

Les deux prières d'Augusta

Presque un siècle de vie. Quatre-vingt-onze ans dans les Alpes-de-Haute-Provence lui avaient donné cette verdeur et cette fraîcheur, propres aux gens de la terre, rudes et habitués aux travaux pénibles de la montagne.

Ayant vécu dans la pauvreté, elle transpirait ce parfum qui émane de tous les anciens se contentant du nécessaire et jouissant de la nature splendide où ils sont nés. « On la voit encore avec son âne, travaillant douze heures par jour dans le champ de lavande », me disent Georgette et son frère, ses enfants, qui l'ont veillée jusqu'au dernier instant. Elle adorait sa terre qu'elle n'avait jamais quittée.

Je l'ai visitée durant vingt ans. Assise sur le seuil de sa maison, elle m'accueillait de ses yeux bleus, d'un bleu-violet rare, couleur de lavande, la fleur qui l'avait fait vivre.

Je lui ai porté la communion le dernier mois.

Après avoir reçu le Seigneur, elle a pris mes mains dans les siennes et m'a confié ces deux étranges prières : « Père Guy, je veux vous dire quelque chose. C'est important ! »

En serrant très fort ses vieilles mains dans les miennes, elle me dit : « Je n'ai plus envie de vivre. Je suis alitée depuis un an. Je veux mourir. Voulez-vous prier avec moi pour demander à Dieu de me prendre très vite ? Mais il y a une seule condition. Je veux que vous m'enterriez. Il faut que vous soyez là. » Ma réponse jaillit : « OK, Augusta. C'est promis, je vais prier avec toi pour que le Seigneur te fasse signe et je te promets d'être là. Prions le Seigneur et Marie. » Un « Notre Père » et un « Je vous salue Marie » appuyèrent ces deux demandes insistantes.

Depuis vingt ans que la Bergerie de Faucon a été créée dans ce site splendide pour des jeunes exclus de partout, je viens six jours par mois rejoindre mes lascars. Juste un mois plus tard, j'arrivai le dernier vendredi comme d'habitude. On m'annonce qu'Augusta venait de mourir deux heures plus tôt. Étonné par la rapidité et la précision divines, et au fond, pas du tout surpris à la fois, je l'enterrai deux jours après.

À travers les champs de lavande qu'elle aimait tant, conduisant le cercueil d'Augusta sous un ciel bleu magnifique, je chantais dans mon cœur cette phrase du Seigneur :

« Demandez et vous recevrez. »

Prêtres autour de leur évêque

Retraite d'un jour sur la Butte Montmartre. Autour de notre archevêque : douze prêtres. C'est la deuxième fois que j'y participe. On se sent bien ensemble autour de lui. L'évêque authentifie, visualise, rassemble l'Église. Chouette qu'une poignée de ses lieutenants, tous les lundis, puisse lui parler et se parler dans une approche conviviale.

Chacun se présente durant le repas. L'heure y passe.

Nos différences, nos situations et nos looks sont saisissants de contraste.

L'impeccable clergyman côtoie le blouson noir. Le dinosaure de l'Église mange à côté du jeunot ordonné en juin dernier. Le savant passe le fromage au vicaire.

Henri, grosse tête encyclopédique acharné d'œcuménisme, s'est baladé à travers le monde pour trouver les chemins de l'unité des chrétiens et des grandes religions. Il raconte avec humilité sa longue quête avec les savants du monde.

Marcel, prêtre du Pérou pour huit ans, et de passage à Paris, nous amène le vent de l'Église souffrante. Quatorze de ses copains sont morts massacrés par le Sentier lumineux, cette organisation perverse et sadique qui n'a que le sang à faire gicler pour affirmer son idéologie rétrograde. Marcel nous saisit en racontant le dur chemin des communautés de pauvres rassemblés dans une misère sans nom. Elles sont à des années-lumière de nos communautés bien assises, bien-pensantes, et qui se battent parfois sur un point de liturgie.

Pierre, le chancelier, rubicond et joyeux, lutte pour que les prêtres aient assez d'oseille pour vivre et défend, bec et ongles, les deniers maigrichons de l'Église de Paris.

Charles, un ancêtre de quatre-vingt-sept ans, droit comme un I et épanoui, nous raconte sa retraite au service d'une soixantaine de malades. On est secrètement admiratif face à cette verdeur évangélique.

François, le petit gris, aux yeux doux et à l'allure aristocratique, nous fait partager sa passion des jeunes et sa joie de les voir suivre le Christ pour le plus haut service.

Ferdinand, vice-official, à l'accent madrilène, est l'homme des dossiers. Il est au cœur de la souffrance des divorcés, séparés, qui réclament justice. Derrière les innombrables paperasses, il devine la souffrance de ceux qui se sont trompés en amour. Il rencontre un peuple de pauvres où le plus grand de ce monde côtoie le plus petit.

Dans les yeux des deux jeunes prêtres, l'un aussi barbu qu'un ayatollah, l'autre fragile et discret, se lisent la passion de Dieu et les premières joies du ministère.

Jean-Marie, de ses yeux brillants et malins, suit le tour de table, en décochant un trait d'humour à l'un ou en précisant un aspect gratifiant de l'histoire d'un autre.

Tous les lundis, autour de notre archevêque, avance et prie l'Église à Paris dans sa diversité et sa complémentarité.

Super-chouette ton idée, Jean-Marie !

Les saints d'aujourd'hui

Qu'on ne s'imagine pas que les saints de tous les temps sont forcément issus du monde des chrétiens.

Tant d'êtres vivent une sainteté discrète, oubliée, sauf aux yeux de Dieu :

– Durant toute une vie cachée.

– Parfois dans les derniers mètres qui les séparent de l'éternité.

Ce pédiatre algérien de renommée internationale, tué en plein hôpital d'Alger. Tout simplement parce qu'il refusait la haine et la violence, héros et saint de notre temps.

Ces policiers algériens, égorgés par dizaines parce qu'ils ont le tort, selon certains, de représenter l'ordre et l'État. Alors qu'ils n'ont que le désir de le servir et de nourrir leur famille.

En Bosnie, dans ces villages musulmans ou chrétiens, devenus des charniers, par haine raciale, combien de martyrs innocents ! Ces deux coopérants français partis si heureux de servir l'Algérie et égorgés, eux aussi, au nom d'une idéologie démente.

Ces enfants protestants qu'une bombe de l'IRA a pulvérisés, ne sont-ils pas montés tout droit se blottir dans le cœur de Dieu ?

Philippe et Claire ont quatre enfants. Militants chrétiens, ils en ont adopté un cinquième. Trisomique. « C'est un ange qui ne parle qu'avec son cœur. Il unit nos enfants », me dit, avec émerveillement, ce couple.

Il est signe de la sainteté familiale d'aujourd'hui.

Deux autres saints de notre temps ? Cette mère italienne, enceinte, apprend que, sans une opération, son enfant mourra. Mais cette même opération la tuera. Elle accepte aussitôt et décède. Son bébé la rejoint quelques jours après.

Notre sainteté à nous ? Vivre un max l'amour de Dieu et des autres. Se défoncer uniquement durant vingt-quatre heures, dans la volonté de Dieu.

Ne rien chercher d'autre.

Se foutre complètement du bien qu'on fait. Mais le faire simplement.

Surtout ne rien comptabiliser.

« Si tu comptes le bien que tu as fait, Dieu ne le comptera pas. Ça sera déjà fait. »

Allez ! laissez pousser vos auréoles. Mais regardez toujours celles des autres…

Liliane, bien-aimée

Tu étais aussi belle que vulgaire. Aussi aimante qu'insupportable. Ton enfance épouvantable te rendait parfois odieuse, adulte. Mais ton cœur en or rectifiait tout, sauvait tout.

Ton oncle t'a violée de la façon la plus sadique qui soit. Ton père, bourreau, était le cauchemar qui hantait tes nuits, jusqu'à l'ultime jour.

Je t'avais trouvée en Algérie, juste sortie de l'adolescence, dans un état pitoyable. Une tentative de suicide, juste après le viol, t'avait précipitée du troisième étage. Miracle de la vie, tu t'en étais sortie avec de multiples fractures. Plus belle que jamais. Tu étais ravie de monter sur ma moto. Je te demandais chaque fois de me ceinturer moins fort. J'étais pour toi un père, un frère, un ami… un amant. Tu me draguais sans scrupule… pour voir. Et moi, je me débattais comme un beau diable. Tu m'aimais, mais tu ne me l'as jamais dit. Je t'aimais fraternellement et je te le disais jusqu'à plus soif. Loubardement. « Lâche-moi la grappe », « Cherche un autre mec », « Je ne suis pas ton petit ami, mais ton frère ».

Tu riais et… tu récidivais. Tu méprisais les hommes si nombreux qui, l'espace d'une nuit, faisaient semblant de t'aimer. Deux filles sont nées de ces étreintes que tu pensais toujours définitives et qui n'étaient que mâles passades.

Un troisième enfant est né. Il était monstrueux. Tu m'as supplié de le baptiser. Je l'ai fait après t'avoir suppliée de ne pas le voir. Il était déjà mort. Je suis resté la nuit à ton chevet à l'hôpital. Tu pleurais et j'ai dû te quitter plusieurs fois pour laisser couler mes larmes.

Trop ; c'était trop de souffrances. J'implorais Dieu

de te donner enfin la paix. Alors tu as combattu pour tes deux filles, magnifiquement élevées ; toi, tu gardais ta vulgarité intacte. Elles t'acceptaient et t'aimaient comme tu étais, comprenant ta souffrance et le terrible parcours de combattante de ta vie.

Et puis, le miracle ! Tu as rencontré René, il y a trois ans. Personne au monde, évidemment, ne pouvait te marier, hormis moi. Je l'ai fait. Buvable durant la cérémonie, tu as interloqué ensuite les invités qui ne te connaissaient pas. Tu affichais un badge de mon portrait que tu avais fait faire. J'ai dû accepter ta présence partout. René, te connaissant, n'en a pas pris ombrage. Notre amitié s'est nouée là, forte et belle.

Tu as passé avec tes filles un mois à la Bergerie provençale. Plus difficile que toi, tu meurs. Tes filles disciplinées, superbes, ont passé des jours de rêve. Moi, un purgatoire.

Le jour de l'Ascension, tu viens de partir pour rejoindre le paradis de l'amour. Ce que Dieu va en baver ! Mais il saura, mieux que moi, te dire de lui laisser quelques moments de répit. Comme tu le désirais, j'éparpillerai tes cendres dans les recoins de la Bergerie que tu aimais tant. Mieux que ça, j'en garderai quelques-unes à l'endroit que j'affectionne le plus, sous un pin parasol où je médite la nuit sous les étoiles.

Liliane bien-aimée, demande pour moi à Dieu la force de vivre si durement et si bellement aux côtés de destins comme le tien. Et ne presse pas Dieu de me faire venir plus vite ! J'ai encore du bon boulot à faire.

À Dieu...

« Vous avez pas l'air d'un évêque ! »

« M'sieur, est-ce que je peux aller pisser ? »

C'est ainsi qu'un de mes loubards, s'adressant au

cardinal Marty, demandait la permission de quitter la table où, avec ses copains, il partageait le repas autour de l'archevêque de Paris...

Inénarrables agapes, dont le cardinal gardait un vibrant souvenir.

Je me souviens surtout de la visite, après le dessert, dans la galerie des portraits des prédécesseurs de notre hôte illustre.

« Il a l'air vicieux, çui-là », « Ils bouffaient bien en ce temps-là », « Regarde la tronche de l'autre. Y s' prend pas pour n'importe qui ! » étaient quelques-uns des éloges, plutôt fleuris, que décernaient, de tableau en tableau, les invités du jour !

Mgr Marty, amusé, étonné, éclatant de rire parfois, suivait et commentait, avec sa patience pudique de paysan, s'adaptant avec autant d'aisance à la verdeur de la rue, de passage dans sa résidence, qu'à la hauteur souveraine du général de Gaulle.

À la sortie, un mec lui décerna ce beau compliment : « Vous avez pas l'air d'un évêque ! »

Tant de simplicité désarmait mes lascars, qui, à mes côtés, ont maintes occasions de côtoyer des évêques. Rares sont les prélats trouvant tout de suite le contact avec les jeunes de la rue. Peu habitués, semble-t-il, à sortir d'un environnement chrétien et clérical, la jungle de la rue les laisse perplexes et désarmés.

François Marty m'a accueilli, les bras ouverts, dès mon arrivée d'Algérie, en 1970. Sa confiance, sa paternité rayonnante, ses lettres régulières me confortant dans le ministère de la rue qu'il m'avait confié, ont été pour moi appui et roc.

À chaque messe pontificale célébrée avec lui, il avait un geste répétitif et affectueux. Il me tirait les cheveux avec ce commentaire : « Vous avez les cheveux très longs. »

Son bon sourire appuyait son geste pour me dire : « Continue. Fonce. Fais gaffe à pas te laisser engloutir. Prends du temps pour toi et pour le Seigneur. Aime l'Église comme elle t'aime. »

C'était, en gros, le contenu de ses lettres.

Il est là maintenant, sur le pavé de la cathédrale de Rodez, après sa mort tragique. Sa phrase, malheureusement prophétique, « Ma 2 CV me conduira vers l'éternité », nous réunit, foule immense autour de son cercueil.

C'est une prière d'action de grâces qui s'élève, François, dans nos cœurs. Un paysan archevêque de Paris, c'est rare. Le parfum de ton terroir, lié à ta simplicité évangélique, restera dans nos mémoires et dans nos cœurs. Le temps des labours est terminé, père. Tu nous enverras bien quelques fleurs de là-haut.

Fais avancer l'Église de Paris, toi qui clamais du haut des barricades du fameux mois de mai : « Dieu n'est pas conservateur. »

Le pardon

La pire des ordures

Les yeux de Jean-Marie pétillaient quand il me fit part discrètement, il y a deux ans, de son désir de faire ouvrir le procès en canonisation de Jacques Fesch.

Je lui ai dit que c'était une bonne chose pour les pécheurs que nous sommes, pour les criminels repentis et tous ceux et celles que nous excluons à vie, suite à leurs méfaits.

Notre société est de plus en plus terrible, lynchant sans pitié celui ou celle qui est tombé(e). Le mot « irrécupérable » est le mot le plus inhumain de notre vie sociale. Il blesse, il tue l'humain. Il ne lui donne aucune possibilité de retrouver place parmi nous.

Les chrétiens ne se souviennent pas, ou si peu, du dernier geste du Christ sur la croix. Geste imparable, extraordinaire qui devrait nous hanter et nous mobiliser sans cesse. « Tes péchés sont pardonnés puisque tu demandes pardon. Viens avec moi dans le paradis. » C'est ainsi, main dans la main avec le bon larron, que le Christ a rejoint son Père.

Jean-Marie Lustiger ne fait que reprendre le geste de Jésus. Le fameux bon larron n'était sans doute pas meilleur que Jacques Fesch.

Si l'Église béatifie Jacques Fesch un jour, elle rencontrera incompréhension, opposition et refus. Et c'est tant mieux. Si l'Église commence à peloter le monde dans le sens du poil, elle perdra ses racines et le sens le plus profond de son message qui s'adresse d'abord au pécheur. Pour l'élever, le faire sortir de l'ornière, aller le chercher dans le pire des abîmes pour le faire monter vers les cimes les plus élevées.

Je t'entends me dire : « Et moi qui n'ai tué personne, qui n'ai fait tout au long de ma vie que mon devoir, qui suis-je aux yeux de Dieu ? »

« Tu es quelqu'un qui vogue vers la sainteté avec la grâce de n'avoir pas trouvé trop d'obstacles pour grandir en Dieu. Ne te compare pas à ton frère. Ne le juge pas. »

Cela a été ma méditation sur les trois corps de mes jeunes, ce mois-ci. Christine, tombée du cinquième étage. Philippe, mort d'overdose la nuit de Noël. Nicolas, tué de plusieurs balles au cours d'un hold-up.

« La pire des ordures, l'assassin le plus abject, s'il se repent, peut repartir neuf dès qu'il a demandé pardon », nous a martelé notre archevêque, à Denver. Merci, Jean-Marie, de passer aux actes.

Héros sans tuer

Pour le souvenir, je voulais me baigner dans Paris fêtant ses cinquante ans après sa libération. Me revint alors, perché sur un pont d'où je pouvais assister au feu d'artifice, la libération de Limoges où j'étais il y a un demi-siècle. J'avais dix ans et j'assistais, ébloui, à la libération de la ville. J'admirais les FFI armés jusqu'aux dents. J'en vis un plonger par-dessus mon épaule dans la chair grillée d'un Allemand, mort dans sa voiture, et en retirer une montre en or. Je regardais, tout près, le corps de l'Allemand que son obésité avait empêché de sortir à temps de sa voiture.

Quelques jours plus tard, mon père nous amenait à Oradour-sur-Glane. Je ressentais la même odeur épouvantable dans l'église où femmes et enfants étaient morts brûlés vifs, dans d'atroces souffrances.

Bien sûr, revenaient aussi les mille odeurs des privations. Une pomme de terre était, dans mon assiette, cadeau princier, topinambours, navets et rutabagas étant la part que nous laissait l'envahisseur.

Mais ma méditation portait surtout sur une question lancinante : « Faut-il tuer pour être un héros ? » Les poitrines chargées de décorations des anciens combattants, fêtés à chaque anniversaire, sont teintes aussi du sang qu'ils ont fait verser pour que nous soyons libres. Nécessaire tuerie pour penser, écrire, marcher librement, aujourd'hui. Tant de héros morts et jamais décorés hantent ma mémoire et habitent ma prière.

Deux images se sont superposées en moi, cinquante ans après. Les jeunes militaires français revenant du Rwanda, d'abord. Aucune goutte de sang n'a été versée par eux. Leur présence, dissuasive seulement, a sauvé de nombreuses vies. Leurs yeux hagards témoignaient de l'horreur d'une guerre civile épouvantable. Soldats héros, témoins de la folie sanguinaire des autres. Mais sans mains tachées de sang. Une belle avancée de nos soldats d'aujourd'hui dans la tragédie de la guerre qui ensanglante, en tant de points, la terre.

L'autre image belle, pleine d'avenir, transcendante : celle des jeunes tout de blanc vêtus, et des anciens combattants avec leurs petits-enfants descendant les Champs-Élysées. J'ai horreur des défilés militaires. Ce défilé-là, joyeux, pacifique, où le blondinet voisinait avec son copain basané, appelait à toutes les espérances.

De Gaulle, ce visionnaire, traversant la mer humaine du 25 août 1944, a permis, lui et tant d'autres, cette immense farandole pacifique, dans ce cinquantenaire fêté par la jeunesse de France.

Combien d'efforts et de temps faudra-t-il pour que la terre ne vénère enfin que des héros dont les mains ne seront pas tachées de sang ?

Le mystère

Va de crèche en crèche

Ton enfant dort. Tu vas la nuit le contempler. C'est si beau l'innocence que tu as fait naître. C'est ta crèche de tous les jours.

Tes vieux parents attendent ton coup de fil ou ta visite. Tu es leur roi mage. Tu as préféré les garder jusqu'au bout. Tant d'autres les jettent rapidement à l'hospice. Parce que, dans ta crèche familiale, sans eux, tant d'étoiles s'éteindraient.

Tu as refusé dans ton travail de chercher d'abord le côté performant et le profit qui écrasent tout. Tous les fils d'amour que tu as tissés sont prioritaires pour toi. Tu vois la joie éclairer les visages de ceux et celles avec qui tu travailles, ou que tu fais vivre huit heures par jour. Garde chaleureuse cette crèche vivante. Elle est à façonner jour après jour.

Le prisonnier qui balaie, de sa cellule, toute photo de cul et qui refuse d'avoir les yeux rivés sur la télé, fait de ses quelques mètres carrés l'espace idéal pour une crèche toujours habitée par l'amour fraternel.

Quand tu refuses la télé dans chaque chambre de tes mômes et que tu interdis, dans la salle commune, jeux électroniques, walkman et autres gadgets isolants, tu fais de ta maison la crèche où tes enfants seront rois. La royauté d'une famille, c'est son formidable pouvoir de s'écouter.

Tu vas admirer chaque vitrine où des magiciens s'ingénient à te faire retrouver la source d'amour:

Jésus pauvre, petit, naissant dans le seul endroit chaud qui lui restait ouvert.

Bûche ce mystère d'amour dès maintenant avec tes gosses. Ils ont une capacité de don insoupçonnée, si tu leur parles de partage.

Alors, tu verras une formidable lumière illuminer ta nuit de Noël. Les yeux brillants d'amour de ton couple et de tes lardons seront les étoiles de cette nuit-là.

Ça sera si beau que chacun refuse d'en rester là une seule nuit ! Si ce mystère central habite chaque jour ta demeure, alors baptise ta maison « Noël ».

La sainteté en vingt-quatre heures

C'est pas de la pub, n'aie crainte. Mais quand des jeunes me demandent de leur parler de la sainteté, je leur livre trois mots qui, vécus dans les strictes vingt-quatre heures, peuvent leur donner une piste pour accéder à une sainteté au quotidien.

LUTTE d'abord. T'arrives à la maison avec dans ton cartable ce putain de devoir de... Tu peux pas saquer cette matière. Tu n'as qu'un désir : t'avaler une petite heure de télé. Ou tu t'avachis dans ton fauteuil préféré, en sachant d'avance que tu dépasseras largement l'heure programmée (alors, adieu devoir !), ou tu fonces dans ta piaule en attaquant ce devoir qui t'emmerde. Tu es en marche vers la sainteté, si c'est ta piaule que tu choisis.

Mille choses que tu ne veux pas faire, mais que tu sais devoir faire, te mettent en position de choix. Choisis toujours le plus dur et fais-le bien. Ça te donnera une sacrée trempe, un tonus pas possible pour vingt-quatre heures. Mais de vingt-quatre heures en vingt-quatre heures, tu t'apercevras que cette lutte t'endurcit, te fortifie. Les choix de plus tard dépendent de ces milliers de jours où tu t'es investi à plein corps, à pleine âme. En choisissant toujours le sentier escarpé.

AIME ensuite. Toi d'abord. Si tu ne t'aimes pas, toi, t'aimeras jamais les autres. Alors, accroche-toi, Jeannot. Ne t'aime pas trop au point d'user ton miroir. Accepte-toi plutôt comme tu es. Tu n'as pas fait encore le tour de toi. Tes parents, tes frères et sœurs l'ont fait, eux, sois-en sûr. Ils sont ton miroir jour après jour. Écoute-les bien. Ils savent en gros tes qualités et dons et tes défauts. Les premiers, tu t'en réjouiras. Les seconds, tu les nieras, bien sûr. Et pourtant ce sont ces derniers qui t'aideront à grimper.

Et puis attaque-toi aux autres. Ce(tte) chiant(e) de... te donne des varices. Ne l'expédie pas dans la poubelle de ton cœur. Aime-le (ou la) en priorité et avec patience. Tu risques de découvrir de l'intérieur quelqu'un de super. T'as vingt-quatre heures pour ça. Pas une minute de plus.

Veille sur ton corps. Peaufine-le. Bouge-toi. Fais du sport. T'as la journée pour le cultiver. Demain, il sera trop tard.

Veille sur ton sexe. Ça bouge en toi un max de ce côté-là. Ne crois pas qu'en te branchant sur Canal Plus à certaines heures tu sauras exprimer ce désir merveilleux de vivre une sexualité épanouie. Y a l'autre qui t'attend dans ton rêve. Prépare ton corps sexué en cultivant ta tendresse et ton cœur pour qu'il (ou elle) s'y blottisse d'abord. Quand tu pourras lui dire: «Je t'aime», tu pourras aussi lui dire ton long combat: «Je t'attendais, toi et toi seul(e).»

PRIE enfin. Le Seigneur pressé par ses disciples qui pigeaient que dalle à la prière, a tourné son regard vers les oiseaux.

«Faites comme eux. Ils se foutent d'hier et se contrefichent de demain, question nourriture.» Ça veut dire: «Nourrissez-vous de l'union à Dieu aujourd'hui.» Demandez le pain du jour et pas pour une semaine, ni pour un mois. Pour vingt-quatre heures.

Mets l'heure de ton choix : ... [1] pour que chaque jour, lors de cette rencontre vitale, tes yeux, ton cœur et tes mains offrent tout à l'amour. Tu verras la joie pas possible que tu récolteras. Et la force.

1. Parents, accrochez ce chapitre sur le bureau de votre lardon. Laissez-lui marquer la matière qui lui donne des boutons, ainsi que le prénom du mec ou de la gonzesse qu'il ne peut pas saquer. Il ajoutera lui-même l'heure de son rendez-vous avec Dieu. Et dites-lui que le dinosaure que je suis refuse de peloter vos chérubins dans le sens du poil. Les appeler au plus haut ; c'est ça leur dire qu'on les aime.

Le pape

Le nouveau catéchisme

Une sainte femme m'a offert le nouveau catéchisme. Impossible de le retrouver. Pas de danger que ce soit un de mes loubards qui me l'ait fauché. Une « somme » pareille avec son langage ecclésial ne permet pas à un jeune de la rue, avec ses deux cents mots de vocabulaire, d'en entreprendre la lecture.

Chouette que pape et évêques aient osé dire au nom de l'Église leurs propres certitudes en 1993... Quatre cent vingt-six ans après le caté du Concile de Trente, qui était jusqu'ici notre référence.

Il était temps.

Il y a quatre siècles, à vingt à l'heure, un cavalier plein comme une huître ne pouvait qu'être balancé, plus ou moins gentiment, dans un fossé par son canasson, las de ses délires.

Aujourd'hui, un mec bourré dans son tas de ferraille et à cent quarante kilomètres à l'heure, c'est la tragédie pour lui et pour tant d'autres.

Le drame de la faim, les droits de l'homme sont maintenant au hit-parade de notre conscience morale. Excellent. Manque de pot, un des péchés mortels de ce caté c'est d'avoir approuvé la peine de mort. C'est le prophétisme manqué de ce catéchisme.

Comme d'habitude l'Église s'étend longuement sur le sexe avec précision et minutie. Mais pas assez à mon sens sur l'autre source de jouissance : le fric !

J'aurais aimé que face à l'argent, le plus grand

péché de notre temps, la plus grande drogue, elle soit aussi terrible que le Christ l'a été.

Sans doute tant de vérités à croire, de règles à pratiquer peuvent estomper le dynamisme de la foi chrétienne. C'est la nature profonde de notre foi qui est essentielle. À se redire.

On peut penser en lisant notre nouveau caté au catalogue d'un supermarché religieux. Les prix de luxe étant les péchés mortels et les « soldes » les péchés de pacotille. Mais la vente énorme de ce livre prouve bien que les chrétiens ont besoin de références, solides, durables et précises.

La longue méditation du « Pater » a de quoi alimenter notre spiritualité à l'infini.

Tout est centré sur Dieu Amour. Et ce caté est superbe pour ça.

Et puis la conscience de chrétien y est élevée à la dignité de « vicaire du Christ ». Le pied pour les chrétiens ! On est tous des papes maintenant ! Jean-Paul II au Vatican. Nous, dans la rue. Évidemment !

Ce qui est à retenir en priorité dans cette mine de vérités et de règles, c'est la force du témoignage. Rien n'y résiste. Le christianisme n'est pas une idéologie. C'est une vie.

« Dieu seul, Amour » est la béatitude à vivre ici-bas. Puisse ce nouveau caté nous y aider !

L'arc-en-ciel de Denver

Un tonnerre d'amour, d'enthousiasme et de silence dans cet immense stade. Jean-Paul est là. La pluie aussi. En finale des éclairs, des nuages noirs et une éclaircie superbe. Un arc-en-ciel zèbre le ciel. Un spectacle féerique où l'organisation remarquable et l'ambiance de fête ont convaincu le ciel de jouer sa partie.

Un de mes jeunes me glisse : « C'est trop beau. C'est magique. Je plane. J'oublierai jamais. »

Les paroles du pape, au fond, n'ont pas marqué les

jeunes en premier, même avec la traduction en français.

C'est une ambiance indéfinissable parce que trop profonde, trop spirituelle, qui règne dans ce stade de Denver. « Tous unis dans un même amour » est sans doute la seule phrase qui peut rendre compte de ce moment.

Des jeunes explosent de joie. D'autres dansent. Un prêtre récite son bréviaire. Une religieuse égrène le chapelet.

Le pape parle de sa voix grave. Silence magique. Il émaille son discours du nom de chaque nation présente.

Les groupes importants hurlent leur joie d'être désignés. Chouette que l'immense foule crie son appui en saluant les nations représentées ici par quelques personnes seulement.

Je regardais Pierre, de loin. Immense fauteuil. On aurait pu y mettre au moins deux papes !

Décor, attente, cérémonial au fond, tout disparaît quand la voix aimante nous parle.

Il faut voir leur regard accroché aux mots d'amour du Père.

L'immense besoin d'être aimé et d'aimer à un âge où la recherche de l'autre est déterminante trouve à Denver un incomparable miroir.

Merci, Jean-Paul, d'être leur arc-en-ciel... qui les conduit au Christ.

Quatrième Partie

Des prêtres et une morale pour l'Église

Les jeunes et la morale

« J'en ai marre de vivre comme un con. » « La vie, ras le bol. Je survis. » « J'ai rien à quoi m'accrocher. J'aimerais tant. » J'arrête. Je pourrais remplir cette page de réflexions suicidaires, désespérantes, exprimées par des jeunes ou des moins jeunes. Et de tous les milieux.

La question morale se pose aujourd'hui en termes parfois tragiques à beaucoup d'entre nous. Voir les visages tendus de certains jeunes, c'est comprendre d'instinct qu'ils n'ont plus l'estime d'eux-mêmes ni des autres. Sans repères, ils vont souvent du fric au sexe. On leur tend comme seules boussoles : « Démerde-toi à gagner un max d'argent. » « Prends une capote, c'est le seul remède. »

Passionnant de donner à ces milliers de cœurs attentifs et avides des raisons d'exister et d'aimer, de vivre et d'espérer. Je l'ai fait cet été à Paray-le-Monial pour les aider à s'approcher du sacrement de réconciliation. Il me fallait, parmi tant d'embûches sur lesquelles bute leur conscience, les éclairer dare-dare. Leur temps énorme de télé qu'ils consomment avachis et qui les lessive. Leur walkman qui les isole en les branchant sur des musiques souvent peu saines. Le volant, objet d'amour, qui devient dans leurs jeunes mains objet de puissance destructrice et parfois mortelle. Les jeunes attendent de nous des mots simples et proches de leur vie. Avec la possibilité d'appliquer vite ce qu'on leur enseigne.

Ravi de recevoir cette lettre de Claire, revenant de Paray avec sa couvée :

« Notre fils aîné (Antoine, dix-sept ans) nous a conduits au retour du pèlerinage et je puis vous assurer que nous avons provoqué de nombreuses files en roulant exactement à 45, ou 60, voire 30 à l'heure selon les indications des panneaux…

« J'étais à côté d'Antoine et, bien que faisant le lien avec votre discours musclé de la veille sur la prudence automobile, je ne faisais aucun commentaire… Antoine était très à l'aise, nullement gêné par les appels de phares ou coups de klaxon des automobilistes exaspérés…

« Soudain (après deux ou trois heures de route !) il m'a dit : "Guy a raison quand il dit qu'un volant est un objet d'amour entre nos mains."

« J'ai été bouleversée et n'ai rien su répondre, moi qui me retenais à deux mains pour lui dire : "Allez, n'exagère pas avec les limitations de vitesse, tu vois bien que tu gênes tout le monde !"

« Mon fils de dix-sept ans donnait une leçon d'amour pour ses trois frères et sœurs à l'arrière et pour moi-même. »

Au fond, chacun sait globalement ce qui est bien ou mal. Mais l'homme d'aujourd'hui perd facilement la frontière entre les deux.

L'Église a mission de nous guider. *Veritatis Splendor* s'y essaie. Mais quel jeune pourra la lire ? Avec un dico, sans doute. OK, elle est adressée aux évêques et théologiens en priorité. Mais son succès prouve une attente énorme.

L'enseignement du pape est ferme, solide et en même temps lumière et force.

Mais si ses mots sont loin de nous, les chrétiens capitulent dès les premières phrases.

Méfions-nous. Tant de marchands de bonheur, eux simplistes et intéressés, attendent nos jeunes pour les enfermer dans leur spirale sectaire et destructrice.

Aimez bien vos prêtres

« Guy, notre prêtre ne va pas bien. Je crois qu'il fait une dépression. »

Cette phrase, je l'ai trop lue dans mon courrier pour ne pas vous en parler aujourd'hui.

Prêtres, nous sommes des gens pris, bouffés, écartelés et donc stressés si nous ne faisons pas gaffe.

La démesure de la plupart des ministères qui nous sont confiés peut nous déséquilibrer, nous affaiblir, nous faire vaciller en ruinant notre santé.

À chaque prêtre de délimiter, strictement, ses vingt-quatre heures pour qu'elles soient humaines. Avec toujours l'espace préservé qui n'appartient qu'au sportif, musicien, lecteur, bricoleur ou jardinier que nous sommes... C'est le temps sacré de l'oxygène.

Des mots merveilleux me réveillent souvent. D'une sainte femme : « Guy, que le Seigneur t'éclaire dans la limite de ton emploi du temps en qualité d'humain. » D'un moine : « Oh ! Guy, t'appuies beaucoup sur l'accélérateur, le frein ça existe. Ressource-toi ! » D'une ancienne : « Père, n'oubliez pas. Jésus s'est retiré souvent dans la montagne. »

Ces phrases sont infiniment porteuses pour moi. Je les découpe, les garde et les relis souvent dans mon bréviaire.

Notre mission est de sanctifier le Peuple de Dieu, par la prière d'abord, par la Parole de Dieu ensuite, et les sacrements. Le témoignage de notre vie fera le reste.

Les chrétiens oublient trop souvent qu'ils ont le devoir sacré de sanctifier leurs prêtres. On demande tout au prêtre. Serait-il un zombi pour ne pas nous interroger sur ce que nous pouvons lui apporter ?

Un coup de fil : « Allez, curé, viens manger ce soir avec nous. » « Père, comment vas-tu ? On t'a trouvé mauvaise mine à la messe. » Un mot d'amitié, gratuit, par amour pour un jeune ou un vieux cœur sacerdotal : « On t'aime bien. » « Tu comptes pour nous. » « Tiens le coup, on est avec toi. »

Tous ces signes sanctifient votre prêtre, le réjouissent et parfois peut-être le sauvent dans un moment où tout s'écroule. Certaines détresses sacerdotales peuvent être aussi intimes que terrifiantes. Le prêtre a tout donné au service de tous et toutes. Mais il a un cœur, des tibias, un foie, des muscles, un sexe. C'est un homme qui a une sensibilité souvent d'écorché vif. Le célibat, s'il est dur à vivre, est plénitude à assumer. Notre affectivité a besoin de gestes d'amitié pour être saine et équilibrée.

Je n'oublie pas. C'est mon peuple de loubards qui a charge de me sanctifier. D'année en année, je le ressens fortement et bellement. Je saute souvent d'un avion à l'autre. Jean, vieux loubard, se fait une joie de me véhiculer. Dès mon arrivée à la ferme de Provence ou à la permanence parisienne, les jeunes me sautent dessus. C'est leur sanctification loubarde habituelle...

Un jeune s'en fout quelque part que mes tibias tiennent à peine debout. Mais la chaleur de son amitié filiale est trésor et m'aide à tenir.

Cette communauté remuante, dure, si aimante et si violente à la fois, me sanctifie, me porte au plus haut. Je ne suis jamais seul. Les jeunes et mon équipe me rendent magnifiquement ce que je leur offre.

Seul impératif : me barrer trois jours tous les dix jours chez les moines. Silence absolu. Plus de loubards, plus d'appels au secours.

Dieu seul. Mon équilibre est à ce prix.

À toi qui lis ces lignes, je te quémande ta prière. Elle me sanctifiera. Partage-la avec ton prêtre et dis-lui que tu l'aimes bien.

« Un homme vaut plus que sa moto »

Cette phrase de Georges Gilson, évêque du Mans, m'avait fort interpellé. Elle avait jailli face à l'hécatombe : dix morts durant les vingt-quatre heures de l'an passé.

La roulette russe, jouée par deux motards fonçant à pleine vitesse l'un vers l'autre, sur un pont, en tentant de décrocher à l'ultime seconde, provoqua quatre morts. Les quatre jeunes, disloqués, s'empalèrent en bas du pont.

Les gens du Mans se réveillèrent le dimanche matin, épouvantés.

Georges me demanda d'être présent cette année pour participer à l'animation. D'allure aristocrate et racée, je voyais difficilement l'évêque en blouson noir enfourchant une Harley-Davidson sur le circuit ! Une équipe de chrétiens qu'il avait mise en place était là pour la première fois officiellement.

Une marée de blousons et de jeans. Soixante-dix mille ou plus.

Il y a quelque chose de magique dans ces Vingt-Quatre Heures. Cette foule de jeunes vient y chercher des sensations, des odeurs, y vivre des rites, participer à une immense fête collective.

À 2 heures du matin dans les tribunes, je méditais en regardant les bolides passer inlassablement dans la nuit froide.

L'Église d'avant recouvrait toute la société. Son organisation actuelle tente de maintenir cette présence. Mais tout a radicalement changé. Des dizaines de milliers de motards se foutent comme d'une guigne de l'Église. Elle est hors leur champ. Et pourtant, entendre Christian qui fait de la compétition me dire que, chrétien, il s'interroge de plus en plus sur la distance qu'il prend avec ses copains qu'il ne voit plus à cause de ses déplacements de pilote, c'est entendre l'Église palpiter sur ce circuit.

L'Église doit se blottir au cœur de la solidarité qui lie les motards. Partager, être là, faire descendre l'Amour au cœur de la foule, c'est sa place discrète et vivante.

N'avoir que douze motards à la messe, c'est se souvenir aussi qu'à la naissance de l'Église ils n'étaient qu'une poignée.

Le sous-préfet présent à l'Eucharistie nous a remerciés pour notre présence, qu'il a liée au fait qu'il y ait eu cette année seulement quelques fractures bénignes !

Il n'y a pas eu de miracles. En partie la présence planifiée des trois mille policiers a été fortement dissuasive pour interdire alcools et pétarades qui traumatisaient les Manceaux calfeutrés chez eux. Dieu et la sagesse des motards ont fait le reste.

Un rêve final que j'ai vu réaliser à Saint-Lô au cours du rassemblement de deux mille bolides : la ville entière chaque année est dans la rue pour la parade nocturne où les milliers de jeunes défilent avec des flambeaux dans un immense ruban de fête.

Puissent les Manceaux apprendre à accueillir cette transhumance motorisée.

Puissent les motards être assez sages pour ne pas inspirer la peur, mais faire partager leur sens de la fête.

Aux « jeunots » de l'Église…

Pour rien au monde, je ne manquerais ce rendez-vous à la cathédrale de Paris.

Pour la « cuvée 93 » des jeunots de l'Église…

Longue, superbe, inoubliable cérémonie.

C'est l'heure de la relève.

Ils sont là, étendus sur le sol. Sur eux, ondule l'immense cohorte de tous les saints qu'on appelle à la rescousse. À l'invocation de leurs noms, les futurs prêtres se sentiront appelés à imiter les prestigieux témoins de l'Église.

C'est l'heure du souvenir.

Il y a trente ans, dans la cathédrale de La Rochelle, j'entendais ces mêmes chants (en latin) dans l'euphorie du don mystérieux, gratuit, qui m'appelait à tout donner.

Les prêtres présents se rappellent, chacun, ce moment ineffaçable.

N'écoute aucune des sirènes désespérantes qui te chantent à l'oreille : « Si peu sur ce tapis, face à tant d'êtres qui t'attendent ! »

Sache que ta sainteté suppléera au petit nombre, toi qui vas dire dans quelques instants, à l'appel de l'évêque : « Me voici. »

On dit que tu as peur du monde. Que le monde se fout de ton sacerdoce. Que tu seras transformé rapidement en VRP pour les sacrements ou les célébrations. Que la multiplicité des tâches qui te sont promises fera de toi un zombi, un mec déchiré.

Beaucoup ont déjà pleuré sur l'atrophie, selon eux,

de ton célibat, sur ta pauvreté affective qui commence et t'ont rappelé qu'on ne s'équilibre que par la sexualité...

Regarde seulement autour de toi, et ton célibat, qui est grâce à demander chaque jour, te paraîtra, de plus en plus, richesse et force. Parce que don total et évocation prestigieuse du renoncement à un amour humain pour un amour où toute personne trouvera refuge.

Tu vas entrer dans une Église aux multiples facettes. Sa richesse est extrême pour cela. Dangereuse richesse si tu épouses un courant et le brandis comme un croisé face aux Sarrasins.

Tu passeras du pauvre au riche. Tu n'auras pas de frontières. Dès que tu verras le panneau « passage dangereux », fonce ! Le Seigneur t'attendra toujours là. Le chemin qu'Il indique est toujours périlleux, escarpé, difficile, chaotique.

Tu devras vivre dangereusement. Ainsi a vécu le Christ. Il t'appelle à le suivre avec tes charismes, ta pauvreté et surtout ton humilité qui fera fondre les cœurs et les âmes.

Tu prieras sans cesse pour être leur sourcier.

Ta foi resplendira. Ne la gueule pas. La publicité pour vendre des produits ou une image appelle à une surenchère dingue et dévastatrice.

Ta foi rayonnante percera le cœur le plus endurci.

Ton look, clergyman, blouson noir ou passe-partout, fous-toi-z-en ! C'est pas un signe d'Église. N'oublie jamais. Le signe du Seigneur, c'est le lavement des pieds.

Ton espérance sera complètement folle. À la mesure de la désespérance que tu côtoieras.

Ton espérance invincible appellera irrésistiblement à sortir de l'ornière.

Enfin, aime à tout casser.

Sois le « torrent d'amour » de saint Paul.

Rien ne résiste à ce torrent-là.

Et conserve cette phrase de saint Vincent de Paul comme un pur trésor : « Ce n'est que pour ton amour, pour ton amour seul, que les pauvres te pardonneront le pain que tu leur donnes. »

Parole libre ou muselée…

Le vieux paysan me dit : « J'ai averti le nouveau curé qu'il avait intérêt à ne pas parler de certains sujets dans ses prêches. – Lesquels ? lui ai-je demandé. – Les héritages, nos histoires de champs, nos intérêts dans la commune, les questions d'argent… » Et la litanie continua sur tous les points de friction qui empuantissent les rapports quotidiens, rendant invivable la vie et impraticable l'Évangile.

J'ai répondu à ce paroissien qu'il voulait faire de son curé un toutou bien dressé, un homme de culte qui ne devait, que sur ordre, baptiser, marier, enterrer. Mais surtout qu'il enfermait son curé dans la pire des solitudes en lui imposant le rôle d'un fonctionnaire docile, ayant mission d'annoncer un Évangile de pacotille.

« Bien sûr, ai-je terminé, tu lui donnes le droit, je l'espère, de parler du sexe des anges, du rendement laitier des vaches de Nouvelle-Zélande ou de la qualité du fromage des brebis anglo-saxonnes ? » Le paysan, pantois, se retira.

Que les paroissiens contestent la parole politicienne du prêtre est excellent. Que les dadas de leur pasteur, ressassés chaque dimanche et lassant les chrétiens, lui soient reprochés n'est jamais mauvais.

Mais entendre par la voix du prêtre, dont la mission prioritaire est l'annonce de la Parole de Dieu, la voix du Christ, rude, belle, écartelante souvent, provocatrice parfois, est plus que jamais d'actualité.

Le monde vacille sur ses bases morales et spirituelles. Les « premiers de cordée » se font rares. On dilue tout. Tout est permis, possible, selon une conscience que le monde façonne à sa mesure. Mesure de l'instant, du dérisoire, du clinquant, de l'être qui disparaît derrière son apparence.

Des pélés comme Denver restent un choc combien bénéfique pour tout prêtre. Les jeunes du monde nous poussent au cul, à l'intériorisation, à la vie intérieure d'abord et avant tout.

Petits, pécheurs, fatigables, blessés souvent, écartelés toujours, prêtres, nous le sommes. Mais canaux irremplaçables, véhicules cahotants, ténors ou malhabiles, hésitants ou ardents, nous obéissons à l'ordre redoutable de Celui qui nous presse sans cesse : « Allez et enseignez toutes les nations. »

Seule notre humilité face à la Parole de Dieu lui donnera sa formidable puissance. La parole du pasteur est parole libre. Parce qu'elle ne vient pas de lui.

Jeune prêtre, contemple tes mains…

L'évêque m'attendait, à l'entrée de la salle de conférences. D'instinct, je lui ai embrassé la main. Il la retira vivement : « Tu dates, Guy. Ça ne se fait plus.

– Père, je veux par là te dire combien l'évêque qui m'a joint les mains, il y a trente ans, m'a rendu plus heureux que je n'aurais pu jamais l'imaginer. »

Pouvoir phénoménal de tes mains sacerdotales. L'espace des deux phrases de la consécration et tes mains portent le Christ vivant que tu vas offrir à d'autres mains.

Jeune prêtre, contemple tes mains. Aujourd'hui, elles ont été consacrées pour le service sublime de l'Amour.

Maintenant, ta puissance n'aura d'égale que ton humilité.

Pauvre de toi d'avoir été choisi. Par quel mystère fabuleux tu as entendu un jour cet appel pressant, impérieux, qui t'a amené dans la cathédrale où tu viens de dire enfin : « OK ! Je bascule tout à ton service. Je me donne à toi pour le service de l'humanité. »

Regarde tes mains. Contemple-les. Et n'oublie pas que l'évêque t'a consacré les mains… pas la tête.

Il faut, bien sûr, quelques grosses têtes dans l'Église. Mais surtout des ouvriers. On en manque de plus en plus aujourd'hui.

On a besoin de tes mains qui vont frapper aux portes les plus fermées.

Elles sèmeront la compassion, le pardon, partout.

Dans la rue, les avions, le train, les bouges sordides, les chaumières les plus luxueuses, les églises.

Si tes mains sont intellectuelles, bourrées de règles, imbues de leur seul pouvoir, elles sont celles des pharisiens qui ne représentent qu'une caste, vomie par le Christ.

Si tes mains se baladent de lits d'hôpitaux en parloirs de prisons, de l'usine où tu bosses à la paroisse où les plus petits sont accueillis en priorité, elles seront celles du Christ fonçant vers le pécheur, courant derrière la prostituée, éperdues de compassion pour les Zachée et autres mécréants.

Si on t'appelle père (et qui sait peut-être un jour « Monseigneur »), contemple tes mains. Accepte ta paternité spirituelle, mais refuse toute vénération vis-à-vis de ta personne. Elle offenserait Dieu et rendrait tes mains captatrices.

Garde-les pures, sans taches, ouvertes, aimantes.

Dans le conflit actuel « pour ou contre les femmes prêtres », j'ai aimé une des réponses du pape : « Ce n'est pas le ministère d'une personne qui compte aux yeux de Dieu, mais sa sainteté. » Bien vu, Jean-Paul.

Tes mains, même sales, impures, pécheresses, feront passer le mystère d'Amour, malgré tout.

Mais saintes, elles donneront à ton ministère une puissance inégalable.

À la sortie d'une église, au Portugal, des anciennes m'ont saisi les mains, les ont ouvertes et embrassées.

Émus, je n'ai pu le leur rendre qu'en baisant leurs vieilles paluches paysannes.

Chrétien(ne), embrasse de temps à autre la main ouverte de ton prêtre. Et dis-lui pourquoi.

Tu vas sacrément réchauffer son sacerdoce.

Médecins... mais pas vétérinaires

La nouvelle femelle lama venait d'entrer dans l'enclos. Délaissant sa « légitime » d'un an, le mâle lui sauta dessus aussitôt. Il ne cessa de la tourmenter que lorsqu'elle s'allongea sur le ventre. Commença alors la saillie, qu'il entreprit dans sa position préférée. Accroupie. Les jeunes regardaient le spectacle.

« On ne les a même pas présentés, lança l'un d'eux, et déjà ils baisent. »

En regardant les clips vidéo à la télé, on ne peut actuellement que comparer la relation des humains à celle, brutale et immédiate, entre lamas.

« J'ai rencontré une sacrée gonzesse aujourd'hui. Elle m'a invité "dans sa chambre" », dit l'un. Le copain l'arrête : « As-tu mis ta capote ? » Séquence animale d'une rapidité foudroyante où seule la capote semble nous différencier des lamas.

Difficile de dire mieux en si peu de mots... en termes vétérinaires, évidemment.

Les pubs affirmant que c'est le seul moyen actuel et matériel d'éviter le sida dans une relation sexuelle rapide, sont essentielles et offensantes à la fois. Essentielles parce qu'elles tiennent compte de nos fragilités et du danger mortel qui en découle. Offensantes parce qu'elles estompent le plus noble de la relation amoureuse entre humains.

La maîtrise sexuelle magnifiée par les médecins de l'âme est attaquée avec la plus grande virulence. Elle est inattaquable quand elle veut signifier l'amour comme une lente approche fabuleuse, la tendresse source de tant de plaisirs intérieurs, l'autre plus aimé que soi-même, les cœurs d'abord, les corps après. Malheureusement, elle n'est prise en compte que par une infime minorité. L'immense majorité ne l'entend pas. C'est cette majorité-là qu'il faut sauver et vite.

Je n'ai jamais minimisé le risque que prend un jeune loubard quand il veut à tout prix « sauter » une partenaire de rencontre. Lui conseiller alors la capote, et même lui en offrir, fait partie de mon devoir d'assister des jeunes en danger.

La guéguerre entre les anticapotes dans tous les cas de figure et ceux qui la valorisent comme seul remède face au sida doit cesser.

Appelés au plus haut, les jeunes tendent toujours l'oreille. On ne le dira jamais assez. Les plus fragiles iront vers les sirènes préservatives. Mais à nous de leur dire et redire que la capote n'est pas fiable à cent pour cent. Qu'ils vivent d'abord. Mais qu'on valorise toujours l'amour humain et la fidélité. Face à ce péril extrême qui décime dans le monde et particulièrement en Afrique des millions de personnes, leaders, religieux et hommes d'État doivent s'unir pour sauver toute vie humaine. Comme des médecins de l'âme et du corps… Mais pas comme des vétérinaires !

Ni des salauds ni les meilleurs…

En traitant de « salauds » ceux et celles qui votent pour le Front national, Bernard Tapie n'a su que retrancher un peu plus dans leur forteresse ceux et celles qui ont choisi comme figure de proue Jean-Marie Le Pen… En les insultant. En gratifiant de « meilleurs parmi les meilleurs » les supporters du même Jean-Marie, l'abbé Pierre a été, à mon sens, trop loin dans la charité chrétienne.

Un leader politique poussant le mépris en biffant d'un « détail » criminel, l'hécatombe de millions d'hommes et de femmes juifs, ou insultant à longueur d'interviews ses rivaux politiques, les journalistes ou ceux qui l'attaquent, n'a pas le charisme moral qui pousse les meilleurs à le porter au plus haut. Voter pour lui n'est pas forcément se camper parmi les citoyens les plus éclairés et les mieux informés.

La haine qu'il distille avec la finesse ou la grossièreté, dépendant de ses pulsions du moment, en fait un homme dangereux pour notre avenir.

Mais pourquoi, alors, tant de chrétiens votent-ils pour lui ?

Grâce sans doute à son discours ambigu et pernicieux. Il semble acquis qu'il a découvert que les leaders politico-religieux d'outre-Atlantique, sachant doser savamment phrases bibliques et tir au canon, avaient acquis une crédibilité que des chrétiens traditionalistes, notamment, attendaient en vain des leaders politiques français. Leaders qui ne mentionnent jamais Dieu.

Notre France politique, fort laïque, ne mélange pas les genres. Nos responsables de tous bords, même chrétiens pratiquants, évitent soigneusement de faire état de leurs croyances ou pratiques religieuses. Est-ce dommage ? Peut-être. Affirmer sa foi de temps à autre, clairement, sans démagogie, sans récupération, pourrait faire découvrir aux citoyens que la politique de leurs gouvernants est sous-tendue par une foi qui les guide et les soutient.

De plus, Jean-Marie a le charisme du verbe. Il est marrant, clair, incisif, percutant. C'est rare et ça plaît.

Il a su voir, avant beaucoup, les ravages possibles du sida, le péril qui peut guetter une France maîtrisant mal l'immigration. Visionnaire, oui, il l'est. Bourreau, aussitôt après : les sidaïques dans des camps. Les immigrés à la mer.

Ce message et l'application qu'il en fait semblent passer comme une lettre à la poste pour un certain nombre de chrétiens.

Pour moi, les lepénistes sont des frères et sœurs aimés mais égarés par le verbe xénophobe, incendiaire et, paradoxalement, antichrétien de Jean-Marie Le Pen.

L'Évangile et ce que disent les évêques plus ou moins fortement peuvent et doivent les éclairer. Le discernement est une des plus hautes vertus chrétiennes. Puissent les partisans chrétiens du Front national s'en souvenir et prier le ciel de les éclairer.

Dieu ne peut être ni mépris ni haine. Il est Amour, réconciliation, unité, paix, justice, proche des exclus et de l'étranger. Le jour où Jean-Marie le clamera et le vivra, alors, oui, ses supporters seront parmi les meilleurs.

Clin d'œil à nos anciens

Acceptez vos vieux os comme ils sont. Dieu bénit vos tibias, même s'ils ont des difficultés à se déplacer.

Que le rythme de votre cœur, qui se ralentit physiquement, garde les palpitations de votre temps d'adolescence.

Que votre sourire édenté reste le merveilleux présent qui est la grâce de tout ancien.

Arrêtez de penser à votre névralgie faciale et à vos douleurs lombaires. Mais écoutez la souffrance de l'autre : ça l'apaisera et ça vous fera chaud au cœur.

Si l'escalier est dur à monter, récitez un « Ave Maria » par marche. Vous verrez ! Vous franchirez les dix étages avec l'allégresse d'un jouvenceau ou d'une jouvencelle.

Si votre vue baisse, que votre lumière intérieure grandisse.

Si votre oreille s'assoupit, réveillez-la en écoutant le silence de Dieu.

Si vous avez la grâce de recevoir la visite de vos petits-enfants, ne les assommez pas en parlant de votre vieux temps. Ils s'en fichent royalement, que ce soit la guerre de « 40 », de « 14 » et surtout de 1870 ! Écoutez-les. Tant de leurs parents se sont séparés ou sont désunis ! Ils ont un immense besoin que la relève, qui est vous, soit présente à un âge où ils ont besoin de votre sagesse, de votre amour et de votre écoute.

Je vous aime beaucoup. Vous êtes la grâce de

l'Église et son avenir. Je me fiche pas de vous. L'avenir de l'Église, c'est aujourd'hui. Vous qui allez à petits pas, multipliez les petits pas de l'amour.

Je vous bénis loubardement.

L'Église aux mille lucioles

Récemment, un journaliste m'interviewait. Il ne parlait que des lumières étincelantes de l'Église d'aujourd'hui : l'abbé Pierre, Mgr Gaillot, sœur Emmanuel et Cie... Et, en prime, il me qualifiait de « grand témoin » de ce temps. Ce qui a l'art de me hérisser le poil ecclésiastique ! Mesurant 1,73 mètre avec mes santiags, je me juge témoin au milieu d'une fourmilière d'autres, sans plus. C'est justement de cette fourmilière que je voulais vous entretenir, aujourd'hui.

Mes tournées en France m'émerveillent à travers l'engagement, souvent ignoré, et la puissance évangélique cachée d'une multitude de témoins du Christ.

Ils n'apparaissent pas sur le petit écran. Ils n'écrivent pas de livres et ne donnent pas d'interview... Ils sont l'Église aux mille lucioles qui brillent dans la désespérance des banlieues, au milieu de la souffrance des chambres d'hôpitaux, dans les bas-fonds des villes. Elles ont pour nom, ces lucioles, Marie-Claire, recevant chez elle dans une HLM du XIXe à Paris, depuis vingt ans, tous les jeunes perdus qui ne trouvent chez eux qu'un réfrigérateur et une télé. Elles s'appellent Paul et Josette qui viennent d'adopter un bébé mongolien, alors qu'ils ont déjà quatre enfants de leur propre chair. Elles se nomment sœurs Catherine et Magdeleine. Octogénaires, elles vont de leur pas lent, de jour en jour, visiter les anciens qui n'ont que la tendresse de leur chat dans leur immeuble cossu ou lépreux. Lucioles aussi Jean et Albert, prêtres ouvriers, dont le sacerdoce, méconnu de leurs copains de travail, porte l'Évangile à travers les contraintes d'un travail dur et exigeant. Elles ont aussi les beaux prénoms de Marie et Pierre. Infirmiers, ils ont demandé de soigner les jeunes de leur âge atteints de cette maladie démoniaque dont l'évocation fait peur et fait fuir.

Ils s'appellent Fernand et son équipe d'anciennes. Prêtre de paroisse, vivant dans un monde rural hostile et déchristianisé, perdu au fin fond du diocèse, Fernand maintient, avec son fragile et fidèle petit troupeau, une présence d'Église. Elles s'appellent...

Les « lumières ecclésiales » mises en évidence actuellement ne doivent jamais masquer tant de témoins acculés à vivre l'Évangile dans le silence.

Prions bien pour les figures de proue de l'Église actuelle. Ces témoins vivent le risque nécessaire mais enivrant d'être brûlés aux feux des rampes médiatiques. Et surtout le danger de ne voir qu'eux-mêmes ! « Tu parles trop de toi, Guy. Fais gaffe à ne pas cultiver ta propre image » est le type de phrase que je reçois dans les tibias de temps en temps. Faisons gaffe à ne pas être les arbres cachant la forêt.

Nous ne nous fourvoierons jamais quand nous renverrons sans cesse les spots qui, obstinément, s'accrochent à nous... vers les lucioles innombrables que sont les militants de l'ombre.

Baiser, aimer ou vivre l'amour...

Lovin' Fun... Formidable interpellation

Un jeune allume la radio, dans notre permanence. J'entends ceci : « J'ai quinze ans. Je me suis fait sodomiser, il y a trois jours. Le sexe de mon partenaire était trop gros, je saigne du cul. Doc, que dois-je faire ? J'ai honte d'aller voir un docteur. »

Je réagis immédiatement :

« Arrête-moi ça tout de suite. »

Je fonce dans ma voiture, avec le même jeune, pour un rendez-vous. Il branche la radio tout de suite et j'entends : « J'ai un bouton sur la queue, Doc, que dois-je faire ? »

Je répète « Arrête-moi ça ! » Le jeune insiste : « Guy, écoute. Tous les jeunes sont branchés à cette heure-là. »

Par simple curiosité et pour répondre à l'insistance de mon compagnon de route, je laisse courir Lovin' Fun, le nom de cette radio. Durant une heure, j'écoute avec Christophe.

Depuis, il n'est pas rare que dans ma voiture je prenne cette émission. Angoissante, passionnante, déroutante, interpellante, elle cumule un tel flot d'angoisse, d'ignorance et de détresse qu'on peut inviter sans crainte certains adultes à l'écouter. Particulièrement ceux et celles qui n'entendent pas crier leurs enfants. La plupart du temps, les jeunes auditeurs s'informent scientifiquement de la santé physique de leur sexe, de leurs orgasmes futurs ou encore de leur recherche d'une sexualité déviante. Vertigineuse et dramatique misère révélée par cette émission. J'ai honte souvent pour tant de parents derrière le dos desquels leurs enfants appellent. Leur négligence se révèle à travers les questions que posent leurs mômes et auxquelles ils n'ont jamais su répondre.

Le bon Doc, « moralisant », même s'il se défend de faire de la morale, écoute les sexualités et les cœurs en friche s'exprimer. Difool, son compère, dans un langage souvent outrancier, poussant aux « exercices physiques », a ce langage cru qu'affectionnent les jeunes. Lui, c'est « Fais ce que tu sens ou ce que tu veux. » Face aux questions précises des jeunes, c'est parfois criminel d'oser les ouvrir à toutes formes de pratiques sexuelles, notamment déviantes. Reste cependant que les jeunes apaisent grâce à cette radio leur soif de dialogue, parce qu'ils y trouvent enfin une libre parole. Quelle est notre parole, à nous adultes chrétiens, face aux problèmes qui angoissent nos jeunes ? Personne pour répondre à la misère spirituelle, que révèlent les adolescents pressés et angoissés de faire l'amour. Je me remémore le pèlerinage de Denver autour de Jean-Paul II. Ces milliers de jeunes, BCBG pour la plupart, nous livraient, à nous prêtres, mille secrets sur leur vie sentimentale ou sexuelle. Quelle ignorance là aussi, et quel appel formidable à dépasser pulsion et instinct !

Au cours de ce pèlerinage, on a pris le temps de tout entendre et d'aider par l'écoute et la prière.

À Lovin' Fun, c'est l'abattage, c'est l'absence totale de spiritualité.

Le formidable attrait de l'érotisme, quand ce n'est pas de la pornographie, laisse nos jeunes déroutés, acculés à baiser, parce qu'ils ne savent pas faire l'amour ou, mieux, vivre d'abord l'amour.

Un soir, un jeune angoissé expliquait qu'à dix-huit ans, il avait vécu tout ce qu'on pouvait vivre avec son sexe et celui des autres. J'ai aimé entendre Doc lui répondre : « Tu n'as pas encore aimé. Il te reste à découvrir l'amour. »

Jeunes de la rue et sexualité

Le jeune exclu de sa famille, devenu asocial, parfois dangereux, et donc pourchassé par les flics, vit en bande. C'est sa famille. Il s'ancre en elle et reste solidaire de ceux et celles avec qui il combine, vole, cambriole et agresse pour arriver à ses fins : l'argent, sa drogue principale.

Sa sexualité s'exprimera, souvent très tôt. Caché dans une cave avec sa bande, un soir de beuverie où la drogue entraîne à la promiscuité, il vivra, en pleine déroute, une sexualité qui est rarement douce et tendre.

Il n'est pas rare que la fille, seule au milieu de plusieurs petits mâles, cède à celui qu'elle désire. Les autres assistent à l'accouplement dans l'excitation générale qui en découle. Le viol suit souvent, pas brutal, mais feutré, larvé. Mi-consentante pour un deuxième partenaire, elle n'aura plus à donner son avis pour les autres. Marquée dès le lendemain par ceux qui ont assouvi leurs instincts, elle sera et restera la « putain ». Mais seule, exclue de chez elle, elle ne quittera pas la bande. Son sexe sera sa raison d'être, sa certitude, au moins en partie, d'avoir une place au milieu de ses copains. Un jour, elle me livrera peu à peu son cauchemar, son attirance, ses répulsions et sa solidarité vis-à-vis de ceux, les seuls, aux yeux de qui elle compte finalement. Et c'est le piège.

Combien de prostituées d'aujourd'hui sont passées par ce terrible chemin où meurt le cœur, bloqué par une sexualité non consentie ?

La priorité de ma tendresse humaine va toujours vers cette adolescente. Son angoisse, parmi tant d'autres qui frappent à ma porte chaque jour, a un immense besoin de l'adulte capable de la sortir de là.

Travail de titan, s'il en est !

Comme tant d'autres, j'ai assisté au fameux show Sida. On aurait dû l'intituler «show Capotes». Cela aurait été plus juste. Si la capote est la meilleure parade connue contre le sida (mais pas à cent pour cent), lui donner durant des heures et sur toutes les chaînes la première place est le signe incontestable que nous, adultes, sommes devenus des vétérinaires. Dans cette même émission, dès que l'abbé Pierre a évoqué la fidélité, seul remède fiable pour tuer dans l'œuf ce virus démoniaque, il a été hué...

Jean-Paul II est considéré comme l'homme de l'anticapote. Chaque journaliste qui m'interroge me demande ma position sur ce sujet, qu'il juge prioritaire sur tout. Je refuse de répondre par oui ou par non. Vivant dans un univers de jeunes, sans repères, sans tabous, sans barrières, les laisser partir un samedi soir «tirer une gonzesse» est impensable. Leur dire de réciter leur chapelet ou leur commenter la beauté de la chasteté serait absurde! Les laisser en vie d'abord pour les appeler à réfléchir ensuite me semble l'ordre des priorités.

«Ne tue pas et défends-toi contre la mort» est un des dix commandements. Les inciter à acheter des capotes ou leur en donner est la meilleure façon, au départ, de les sauver. Mais on n'en reste jamais là. Leur sexualité débridée appelle au secours. Le médecin des âmes que je suis ne manque jamais ces rencontres autour d'une table ou d'un bar, où les questions sur la sexualité déboulent entre la poire et le fromage. J'ai toujours été étonné de leur écoute profonde, belle souvent, accrochante toujours. Tout est abordé en vrac.

Souvenir éblouissant dans une auberge où nous fêtions un anniversaire avec toute la bande. Ayant ras le bol d'entendre parler de «leur cul» et de «leur queue», j'ai attaqué, hard et précis, le sujet avec eux.

Six ans plus tard, Tony, devenu un ancien, m'a fait cette confidence :

« Je n'ai jamais oublié ce moment. Ça m'a drôlement aidé à découvrir ma sexualité. Mais j'ai surtout compris que l'autre ne devait pas être l'objet de mon plaisir. »

Pour revenir à la position de l'Église sur la capote, j'ai aimé l'interpellation de Jean-Marie Lustiger, archevêque de Paris, à la télévision : « Attention et gardez la fidélité. Mais si vous ne pouvez pas ou ne voulez pas la vivre, prenez les moyens qu'on vous donne pour ne pas tuer ou être tués... »

Jean-Paul II est dans l'incapacité de pouvoir dire cela. S'il avait prononcé les paroles que son lieutenant a pu exprimer à l'écran, les médias auraient vite résolu la question : Jean-Paul II est pour la capote. Point final.

Les médias ne retenant souvent que le dérisoire par rapport à l'essentiel, est-il étonnant que l'Église, qui appelle toujours au plus haut, ait tant de difficultés avec eux ? Ces mêmes médias qui refusent de commenter les pages admirables de Jean-Paul II sur la tendresse et l'amour conjugal !

Couples et sexualité

De plus en plus, je suis appelé par les jeunes de la rue à les aider, quand ils me le demandent, dans leurs difficultés conjugales. Elles ne sont pas minces. Leur passé violent, perturbé, les suit toujours, même si on a fait un sacré bout de route ensemble.

Le problème prioritaire est de convaincre le jeune de prendre du champ par rapport à sa bande. Ce n'est ni la belle-mère ni la mère qui envahit le couple, mais la bande, sa famille. La fille qui se sent aimée n'y croit plus quand les copains déboulent à n'importe quelle heure dans l'appartement conquis de haute lutte. Son mec héberge un soir un copain perdu dans la nuit. Le lendemain, un autre arrive juste au moment où ils vivent leur intimité conjugale. Un couple ne peut vivre au milieu d'une avenue où passent et repassent toutes les amitiés et les solidarités du monde. Parfois il m'est demandé de les aider à vivre leur vie sexuelle.

Une fille que je connaissais bien me confie un jour que leurs étreintes sexuelles étaient des plus brèves. Un ou deux orgasmes et le mec s'en allait repu, sans tenir compte du plaisir de sa compagne.

Je vois le mec, un ancien, et lui en parle. À sa réponse : « Mais quoi faire ? Je l'aime, tu sais », je lui ai rétorqué : « Lui enlever sa culotte et l'enfourcher n'est pas exactement une façon de lui dire que tu l'aimes. Caresse-la. – Mais où ? interroge mon lascar. – Caresse-lui les seins, le dos, les fesses. Enfin ne sois pas un bison ni un castor, et fais comme la tourterelle qui roucoule ou l'éléphant qui caresse longuement. Prépare-la à recevoir le don de toi en la préparant toi-même à te recevoir. »

Quinze jours après, la fille est venue me remercier avec pour seul commentaire : « C'est super, mon mec me caresse et il aime ça. Je ne savais pas que les curés connaissaient tant de choses ! »

Parents responsables en première ligne

N'attendez pas parents que votre enfant soit éduqué par les copains. C'est déjà trop tard.

Ne laissez pas passer leur silence lourd de questions, quand vous savez que leur corps et leur cœur arrivent à une étape essentielle dans leur cheminement d'adolescent pubère.

Écoutez-les. Prenez du temps. N'esquivez pas leurs questions touchant ce domaine ultrasensible, par les habituelles réflexions :

« On verra plus tard. » « Tu es trop jeune. » « Ne pense pas qu'à ça. »

Évitez à tout prix de leur jeter quelques confidences

sur votre couple éclaté et les affaires intimes de votre lit. Vous leur rendrez le plus mauvais service. L'adulte qui a vécu l'amour en a l'expérience. Mais le jeune en face, qui n'en a aucune dans ce domaine, peut tout craindre de vos pratiques sexuelles ratées et se bloquera.

La découverte de leur sexualité ne sera équilibrée que si vous êtes clair, précis et surtout si vous leur en expliquez le merveilleux mystère. Si vous dites que chaque rencontre cœur et corps avec votre conjoint a toujours été un petit événement dans votre vie, et non une routine s'apparentant à une masturbation améliorée, vous les aiderez à se préparer à ces mêmes rencontres.

Ils vous parleront de plaisir et de jouissance. Vous leur direz que faire l'amour est une chose tellement plus haute et plus belle! L'éblouissement de ce moment-là réjouit Dieu parce qu'il est œuvre d'art, vertige et fulgurance.

Si vous ne leur parlez jamais en termes légers ou grivois, voire sales, du sexe, mais que vous leur affirmez que la rencontre du cœur et du corps est un des plus beaux moments de la vie, alors ils ont des chances de ne pas errer de copains en petites amies, et ils croiront qu'attendre pour faire l'amour rendra leur rencontre, d'abord affective, belle et sûre.

Apprenez-leur à vivre une sexualité joyeuse, pleine d'amour, avec ce brin d'humour et de fantaisie qui rend ce moment radieux, parce que jamais englué dans la monotonie glacée d'un rite immuable.

Enfin, ne minimisez pas le choc de la rupture avec leur premier amour. Je connais un adolescent arrivé un soir tard chez lui, la mine défaite. Les parents mangent en regardant la télé. Ils ne savent pas lui répondre autre chose que : « Elle ne me plaisait pas. De toute façon, une de perdue, dix de retrouvées. » Le temps de monter dans la chambre de son père, il se décharge dans la tempe la balle qui restait dans le revolver. Le reste de leur vie, ces parents ont regretté de n'avoir pas tout quitté pour lui dire : « Comme on te comprend ! On t'aime, tu sais. On est avec toi dans ce coup dur. »

Cela seul suffisait.

Baiser. Faire l'amour. Vivre l'amour

Un immense vent d'incitation sexuelle balaie le monde, qui accole sans scrupule le mot sexe au mot amour. Plus que jamais, c'est une saloperie faite aux jeunes d'aujourd'hui.

Mais il n'y a pas qu'eux qui sont happés par ce vent.

Permettez-moi cette histoire aussi drôle qu'authentique. Après une conférence, je vois un couple frisant la soixantaine me demander un entretien privé. Je le leur accorde.

« Monsieur l'abbé, dans votre livre *Un prêtre chez les loubards*, page 106, vous avez évoqué les postures érotiques de certains de vos jeunes. » Étonné, je questionne : « Quel est le problème ? – Vous avez mentionné qu'ils pratiquaient la voltige russe et le saut de lapin… Qu'est-ce que c'est que ces positions ? » Me retenant de pouffer de rire, j'invente sur-le-champ, ne me souvenant plus du type précis de figures qu'on me demandait d'évoquer : « Le mec monte sur une armoire et tel Tarzan saute sur le lit pour rejoindre sa partenaire. » Le même soir, avant de m'endormir, je songeais au couple et imaginais l'ancien perché sur l'armoire, disant à sa belle : « Chérie, il va falloir penser à acheter une armoire un peu plus basse ! »

Inciter les jeunes à faire l'amour à tout prix, n'importe où, avec n'importe qui, c'est les insulter. C'est leur dire « Baise », en quelque sorte, en ajoutant évidemment : « Protège ta viande avec de la cellophane. » C'est les priver pour maintenant et pour plus tard d'une rencontre, parmi les plus belles, qui les soudera et les appellera au plus haut.

On ne fait jamais d'abord l'amour. On se dit

l'amour. On se chante l'amour. On se prépare à l'amour. On désire le cœur d'abord. Le corps suivra. Plus tard. On attend cette rencontre. On la prépare. On veille pour cela sur ses yeux (ses lectures, la télé, le cinéma), sur ses oreilles (la musique, les discussions qu'on refuse, les plaisanteries salées qu'on évite), enfin sur son cœur (maîtrise de soi, discernement).

Le chrétien qui vit cette ascèse n'a plus qu'à demander à Dieu le reste, tout le reste. Dieu lui donnera au-delà de tout. Il ne s'appelle pas Amour pour rien. Nous devons d'urgence apprendre aux jeunes de ce temps que vivre l'amour sans passer par le sexe est une des plus belles façons d'aimer. Pour un consacré à Dieu, c'est un impératif ni ringard, ni périmé, ni dépassé. Parce que c'est aussi une merveilleuse histoire d'amour.

Chasteté. Une histoire d'amour

Certains prisonniers, perturbés souvent par une masturbation fréquente qui, au lieu de les épanouir, les obsède, décident de vivre une certaine chasteté. La plupart de ceux qui tentent de l'assumer y trouvent une paix jamais encore atteinte et surtout enregistrent une victoire dans un combat d'autant plus difficile qu'il leur est imposé par le manque de liberté.

Certains même vont jusqu'à me rejoindre belle ment dans le même combat que l'Église m'a imposé, mais que j'ai accepté.

La tendresse humaine m'a toujours manqué. Mais ces trente ans de célibat ont été pour moi beaucoup plus chant d'amour et libération que contrainte et combat.

Question obsédante et toujours posée dans les salles où je rencontre les jeunes : « Fais-tu l'amour ? »

Je développe ce que je vis, avec mes mots, avec leurs mots. Je les appelle au plus haut, en termes aussi élevés que crus. J'ose parfois raconter la magnifique cérémonie de mariage où deux tourtereaux belges se donnaient l'un à l'autre sans avoir auparavant jamais couché ensemble.

Croyez-vous que cet héroïsme-là, prôné par l'Église et vécu si rarement, les ennuie et les fait bâiller ? Pas du tout. Une ovation suit souvent la fin de cette histoire. Ovation qui me fait chaud au cœur. Si la plupart n'ont pas vécu ou ne pourront jamais vivre une telle ascèse, ils auront au moins entrevu un idéal où deux corps et deux cœurs se sont donnés l'un à l'autre, une fois pour toutes, et pour la première fois.

Valoriser le sexe au rabais, le vagabondage sexuel, et les « Fais ce que tu veux quand tu le sens », c'est mépriser les jeunes et les appeler au plus bas.

Appeler les jeunes du monde au plus haut, au plus profond, au dépassement quotidien, c'est leur dire qu'on les aime vraiment.

S'il en est un qui se doit d'être un chantre de l'amour, c'est bien le prêtre. À condition que son célibat soit lumineux, éclairé et éclairant. Le plus grand témoignage qu'il en donnera sera sa joie rayonnante de le vivre.

Cinquième Partie

Victimes et assassins

Snipper, qui viseras-tu demain ?

Mon métier d'éducateur ne me met jamais du côté de l'assassin. Mais sans que je le veuille, je suis toujours à ses côtés. Si ma tendresse humaine va vers la victime d'abord, c'est l'assassin que je vois en priorité. Je me dois de défendre au tribunal ce qu'il a d'humain. C'est souvent très caché, c'est parfois très beau. Parfois aussi rien qu'une étincelle. Je me raccroche à elle coûte que coûte. Le bon larron m'a toujours hanté ! Le Christ est parti de l'étincelle jaillie d'une phrase de pardon sur la croix, pour dire au repenti : « Tout à l'heure, main dans la main, je te conduirai moi-même au paradis. » C'est le mystère chrétien incontournable. Il est prodigieux. Aucune religion ne véhicule un tel approfondissement de ce qu'il y a d'unique, d'immense, dans la pire des ordures apparentes.

Sarajevo et ses snippers me hantent donc. Ce couple enlacé dans la mort a bouleversé le monde. Il avait le droit apparent de passer la frontière. Un tueur embusqué a lentement visé l'homme puis la femme. Cette dernière a pu, mourante, rejoindre et étreindre son bien-aimé.

Ces enfants qui jouent au foot, ces femmes allant chercher de l'eau ont été longuement suivis par le fusil, qui, d'un seul coup, a craché sa haine. Mais y a-t-il encore de la haine au bout du doigt du snipper ? On peut tuer par haine raciale, par appât du gain, par plaisir aussi. Ces soldats d'Algérie qui partaient tuer du « bicot » comme d'autres allaient à la chasse au sanglier, n'étaient pas différents des tueurs de Sarajevo.

Leur silence terrifiant après la guerre sera aussi un jour le silence des snippers de l'ex-Yougoslavie.

Snipper, qui viseras-tu demain quand la guerre sera finie ?

Puisse Dieu entendre un jour ta prière : « Seigneur, qu'ai-je fait ? » Il y a des remords cachés qui sont lente et terrible expiation.

Prions pour les snippers.

Le mépris et la bienveillance

Ce qui me frappe souvent, c'est notre regard de mépris vis-à-vis de l'Étranger. Voir parfois le regard méprisant d'un policier, ou d'un douanier à nos frontières, me fait mal secrètement. Les réflexions qui suivent me navrent : « T'as vu ces turbans ! Faudra bientôt bâtir des mosquées dans les avions. » « Ça sait même pas lire et écrire, et ça débarque chez nous. »

Sous le fameux turban, on oublie souvent le harki enrôlé de force à nos côtés pendant la guerre d'Algérie, et dont la famille a été égorgée. Ou le pauvre paysan berbère inculte qui, il y a trente ans, est venu nettoyer nos trottoirs. Et qui, rentré au pays pour retrouver ses racines dans sa maison, construite de ses mains et bâtie avec sa sueur d'esclave moderne, vient visiter ses enfants restés en France.

Par contre, chaque fois que je vais en Algérie, je rencontre, moi, Français, un autre regard.

De mépris, point. D'interrogation joyeuse, souvent. De respect, toujours. « Salut, capitaine ! » Réflexion qui suit le regard qui a happé, sur mon blouson, mes trois étoiles d'officier maghrébin. « Alors, t'aimes tant l'Algérie pour revenir tous les ans ? » Une année, j'oublie de faire faire mon visa. Coincé à l'aéroport d'Alger, j'entends encore l'inspecteur des frontières me dire d'abord : « Tu vas prendre le premier avion pour la France. Tu comprendras ce que vivent les nôtres à qui il manque un papier, arrivés en France. » Et puis il a voulu discuter. Une demi-heure après j'avais mon passeport estampillé avec le précieux tampon qui me donnait l'autorisation de séjour en Algérie.

Nous ne devons jamais oublier ceci. Si nous avions envoyé des paysans français analphabètes, ou des ouvriers non qualifiés uniquement pour balayer les rues d'Alger, quelle image les Algériens auraient-ils de la France ? Professeurs, docteurs, gens de culture, de science ont été les envoyés de la France au service d'un pays pauvre ! Notre image est très valorisée aux yeux du Maghreb. Image de puissance.

Face à ce décalage, nous ne pouvons que faire preuve d'humilité et de bienveillance. C'est-à-dire vouloir le bien de l'autre et faire le bien. Un geste, un regard, une parole amicale, apporteront toujours au cœur de l'immigré, venu nous visiter ou nous servir, ce baume irremplaçable qui lui fera sentir que dans nos veines coule un sang de même couleur. Rouge comme l'amour.

« Vieux schnock » et « Arabe dégénéré »

Ils sont trois à importuner une fille dans la rue. Deux le font gentiment. Le troisième, hardiment et méchamment. Au moment où ce dernier pince le gras du bas du dos de la demoiselle en la traitant de putain, je décide d'intervenir.

Sa réaction est immédiate. Il me prie de me mêler de ce qui me regarde et me traite de « vieux schnock ». Ce qui me semble évident... Je lui balance à la gueule : « Arabe dégénéré ! » Ce qui ne lui semble pas du tout évident... Le ton monte dangereusement. J'adoucis le mien et lui dis : « Pince les fesses d'une fille dans les rues d'Alger et insulte-la, en prime, tu risques de passer plus qu'un sale quart d'heure.

– Oui, mais je suis français et je suis en France, me lance-t-il comme argument massue.

– Eh bien, va faire un petit tour au pays de tes ancêtres, est ma réponse. Ça t'aidera à retrouver le respect de la femme. On t'accueille en France. Tu es notre frère. Mais si tu te tiens comme un porc chez nous, chez toi, trop de gens ici t'attendent au tournant pour cracher sur tes frères et sœurs, les vomir et désirer qu'il n'y ait plus un étranger sur notre territoire. »

Les deux copains arabes du jeune l'approuvent. On se retrouve tous les quatre dans un bar. Discussion passionnante. Échange d'adresses. Au revoir cordial et excuses de la part de mon belligérant. Le mot « dégénéré » était assez juste pour qu'il ne m'en veuille pas.

Il n'est pas rare que j'entende, ici ou là, des récits

d'agressions de la part de jeunes immigrés, pour me taire et laisser faire.

Pays d'accueil, la France, oui. Et tant mieux. Mais pays qui doit insuffler à la jeunesse qui vient d'ailleurs le respect de nos lois, de nos traditions. Aux muftis, qui sont leurs prêtres, de veiller au grain.

J'ai constaté qu'un Arabe qui prie est un croyant respectueux de lui-même et des mœurs du pays qui l'accueille. Trop de jeunes Arabes sont sans repères, sans garde-fous. Et pourtant quelles richesses en eux ! Ils sont vivants, imaginatifs, créatifs. Ils sont un sang neuf qui sent bon la France qui avance. Sans la présence des étrangers accueillis (pas les clandestins qui nous appauvrissent), la France ne serait pas ce qu'elle est.

Intervenons fraternellement. Ne laissons jamais des jeunes immigrés se dévoyer. Interpellons-les. L'Africain, du Nord ou du Sud, est un cardiaque avant tout. Si on sait parler à son cœur, il réagit positivement au quart de tour.

C'est une qualité essentielle dont nous manquons tragiquement, nous Européens, trop souvent « dégénérés du cœur ».

Grégory et James, veillez sur nous...

Vos visages poupins et rieurs nous ont hantés, bouleversés. Et puis vous êtes revenus dans vos tombes. Les visages de vos bourreaux ont pris toute la place.

Ceux de Robert et de John, qui t'ont écartelé vivant, James, ont paru dans toute la presse. Tu les connais mieux que personne puisqu'ils t'ont accompagné, tiré, poussé, jusqu'au bout de ton calvaire.

Et de là-haut où l'on sait tout, tu sais maintenant.

Tu sais mieux que personne l'immense vide affectif de tes tourmenteurs. Quelle douleur les habite et quels manques terribles ont permis cette cruauté barbare.

Tu sais finalement combien, nous adultes, avons, dans ton calvaire, une immense responsabilité. Tu sais que montrer à des jeunes très faibles et sans repères des images violentes, c'est les pousser au pire. C'est-à-dire à ce que tu as vécu.

Ton cœur d'ange qui est au cœur de l'Amour doit souffrir de nos interprétations, de nos indignations ou de nos généralisations hâtives et sans preuve. Toi qui es blotti si près du cœur de Dieu, dis-Lui, supplie-Le de nous aider, nous adultes, à voir clair, juste, vrai.

Ta mort pour nous est un mystère, Grégory.

Toi aussi, tu es l'oublié dans ce cauchemar où des mains démoniaques t'ont fait glisser dans l'eau. Tu sembles ne pas avoir souffert. Tu as dû, avant de nous quitter, ne rien comprendre à la haine qui habitait ton entourage.

On se casse la tête pour savoir qui a pu te faire ça.

Si on ne le sait pas, de toute façon ton assassin, jusqu'à la dernière seconde, sera hanté par ton regard.

Apprends-nous, Grégory, à ne cultiver ni haine, ni rancune, ni hostilité. Et à chercher passionnément tous les chemins du pardon.

On a si peu de temps pour aimer, pardonner, partager.

Anges illuminés de gloire, James et Grégory, intercédez pour nous !

Vous savez si bien combien le Cœur de Dieu saigne de douleur devant notre folie. Vous saurez mieux que quiconque demander pour nous que ce même Cœur nous inonde de Son amour et de Son pardon.

Comme des étoiles filantes

Ils étaient cinq dans la voiture. Une virée du samedi soir, bien alcoolisée. À la sortie de la boîte, Brice demande les clefs au conducteur qui avait trop bu. Discussion serrée. Brice capitule devant le refus catégorique du propriétaire de la voiture. Elle va devenir leur tombeau, vingt minutes après. Déchiquetés, quatre mourront. Un seul survivra.

Brice était l'enfant unique de Nelly, mère abandonnée quand son géniteur a su qu'elle était enceinte. Vingt-deux ans d'amour fauchés d'un seul coup, dans la carcasse écrasée d'une bagnole devenue folle.

Douleur sans nom d'une mère sans son petit, son merveilleux univers. J'ai appris ce deuil par une lettre très belle de la mère, suivie d'un chèque remis par elle au nom de ses amis, à la messe d'enterrement. Pour faire vivre d'autres.

J'ai clamé partout ce fait divers aussi terrifiant que banalisé de week-end en week-end. Cela a permis au moins de sauver un jeune qui, au cours d'une même soirée et d'une même beuverie, se rappelant les circonstances de la mort de Brice, avait refusé de monter dans la voiture du retour. Tous les occupants sont morts, carbonisés, dix kilomètres plus loin.

Nelly m'avait demandé que je célèbre l'Eucharistie au nom de tous les parents ayant perdu tragiquement leur enfant. L'église du Haut-Doubs était archicomble. Deux panneaux, à l'entrée de l'église, invitaient les familles à noter les prénoms de leurs gosses partis comme des étoiles filantes. Stupéfaction à la prière universelle. Les grands panneaux étaient remplis à ras bord. L'interminable martyrologe des prénoms égrenait lentement la douleur et l'espérance de tous les vivants présents, voulant se souvenir et nous crier : « Soyez forts. Aimez vos gosses sans faiblesse. Apprenez-leur à se maîtriser. À jouir de la vie mais sans les excès qui pourraient les laisser sur le bord de l'autoroute magnifique de l'existence. » Moment fort, émouvant, percutant et qui laissera des traces. Je pourrais, malheureusement, célébrer partout en France la même douleur, la même espérance.

Avant le repas qui rassemblait les amis de Nelly, j'allai seul avec elle, la main dans la main, en pleine nuit, déposer un cœur de jonquilles et trois bougies sur la tombe de Brice. Dans le ciel si pur du Haut-Doubs, passa une étoile filante. Brice nous faisait signe. Il est vivant. Nelly le sait. Sa foi le lui crie.

Puisse-t-il sauver de là-haut tant de vies appelées à être étoiles du berger !

Deux énormes vagues

Deux gigantesques vagues émotionnelles ont balayé la France en l'espace d'un mois, il y a presque deux ans.

De manière totalement différente, la mort de deux hommes a hanté toutes les chaumières. Et, suite à leur départ, nous a nourris d'images et de symboles que, chrétiens ou non chrétiens, nous nous devons de méditer.

Pierre, un homme apparemment fort, s'est tué en quelques secondes, sans un mot, sans le moindre avertissement, nous rejoignant par sa fragilité.

Éric a été tué, en nous avertissant qu'il était las de vivre, par des signes indiscutables et à la fois effrayants, durant quarante-six heures.

L'ex-Premier ministre semble avoir voulu se sanctionner lui-même, en partie face à des échecs politiques, notamment l'augmentation du chômage qui était sa hantise.

Le preneur d'otages, lui, a basculé dans la démence, en partie parce que son identité de chômeur était insupportable à porter.

Pierre était né pauvre. C'était sa fierté. L'argent, pour lui, avait une odeur. Il avait dû emprunter pour s'offrir un appartement.

Éric n'était pas riche. Sans doute a-t-il fait semblant de désirer l'être.

Sa demande de rançon exorbitante et le choix du lieu pour la prise d'otages nous mettent le doigt, une fois de plus, sur la plus grande drogue de tous les temps : l'argent, but suprême.

Pierre avait une famille. Il n'est que de contempler son sourire heureux « au milieu de sa tribu », comme il disait, pour comprendre le grand-père comblé qu'il était.

Éric n'avait pas d'enfant. C'était pour lui très dur à vivre. Sa revanche, tragique et paradoxale à la fois, c'est d'avoir kidnappé des enfants et d'avoir joué avec eux des heures entières.

Laurence, une des héroïnes de cette tragique affaire, nous le rappelle : « Éric Schmitt était un être humain, et il le demeure. »

Elle seule peut le crier ainsi.

C'est son honneur, et c'est pour tant de loups acharnés à vouloir la mort d'Éric, une leçon.

Je ne parle pas du Raid, mais de nous, dans la rue, dans les bars ou face à notre télé.

J'ai beaucoup aimé le mot « échec » dans la bouche du procureur, juste après la libération des derniers enfants et la mort de celui qui les avait retenus.

Pierre n'était plus grand-chose au lendemain des élections perdues par la gauche.

Éric, oublié au milieu de millions de chômeurs, s'est fait un nom, juste après les trois balles qui l'ont tué.

Notre curiosité, qui doit nous paraître inhumaine aujourd'hui, doit laisser la place à des questions essentielles et à la réflexion : sur le pouvoir, l'argent, le travail source d'identité, les familles des deux disparus, l'héroïsme des sauveteurs, hommes et femmes tout à fait ordinaires.

Ces deux morts nous laissent un message, un seul : « Il est urgent d'aimer. Pour cela, bâtissons une terre humaine et solidaire. »

Sarajevo, c'est un peu chez nous

On ne fouille jamais leurs sacs. Par respect. Mais il leur est quasiment impossible de cacher leurs armes. Il leur faut les montrer, s'amuser avec, prouver à ceux qui les entourent que, si leur carrure ne pèse pas lourd, ils ont en cas de danger l'arsenal suffisant pour répondre à leur agresseur.

Jo n'avait que cinq crans d'arrêt sur lui ! Quatorze ans et demi, il est fragile, petit et il a une gueule d'angelot… Il fait partie de cette génération de jeunes qui transpire la peur de tout. De l'avenir, des autres… de leur propre ombre.

La violence est pour lui une aventure émoustillante dans son monde banlieusard terne, sans repères, sans valeurs, sans horizon.

Il ne va pas aux manifs. Il en a peur. Mais il achète, le soir, en retrouvant les copains revenant de la fin de chasse des manifs, parfum, jeans, walkman à un prix dérisoire. Celui de l'amitié qui le lie à la horde.

Par contre, Ruben, lui, est de toutes les manifestations où il sait qu'il pourra laisser libre cours à sa violence. Elles lui donneront surtout le sentiment d'exister, dans ces trop brefs moments où casser est un jeu, s'affronter est un risque enivrant et se voir masqués à la télé le soir, un régal.

Leurs parents sont au chômage, rivés à la télé du matin au soir.

L'image du père, rentrant le soir, fatigué mais heureux de la tâche accomplie, a disparu du domicile. C'est dehors dans l'adolescent violent, casseur et magouilleur, qu'il cherche son modèle et qu'il trouve son héros.

Cette lame de fond qu'incarne un certain type de jeunes est d'une dangerosité extrême.

L'adulte, là-dedans, est paumé. L'adulte politique, d'abord, à qui il revient en priorité de comprendre les signes des temps, de les analyser et d'apporter les solutions d'urgence.

« Les casseurs en taule », « De la fermeté », « Arrêtons, jugeons, punissons » semblent être les leitmotiv de ceux qui nous gouvernent. Dérisoire réponse. Faiblesse surtout de ceux qui ne vont pas aux sources du mal.

Les jeunes se masqueront un peu plus. Ils perfectionneront leur guérilla. La chasse n'en sera que plus savoureuse.

La seule espérance possible ? Donner aux exclus, de plus en plus jeunes, la joie de se servir de leurs mains autrement qu'avec des couteaux ou des pavés.

Et surtout, surtout, aborder en face les problèmes extrêmement complexes d'une jeunesse en pleine déroute. Sinon nous continuerons, au journal du soir, à être les spectateurs passifs des fins sanglantes des manifs ou des banlieues qui explosent.

Sarajevo d'hier, c'est un peu chez nous, aujourd'hui.

Attendons-nous une hécatombe particulièrement meurtrière pour ouvrir enfin les yeux ?

Prière pénitentielle des conducteurs

– Pardon, Seigneur, pour l'immense Sarajevo que sont les routes de France où, nous, les snippers du bitume, nous ne visons personne, mais tuons n'importe qui par nos excès de vitesse.

– Pitié, Seigneur, pour tant d'innocents écrasés, parce qu'ils ont eu le malheur de traverser la départementale qui coupe leur village, alors que nous foncions à cent vingt kilomètres à l'heure.

– Pardon pour ce père qui, voulant arriver à l'heure pour un repas de famille, a doublé dans un virage en décimant sa propre famille. Il a tué, de plus, le père, la mère et un enfant dans la voiture arrivant en face. Sept gosses s'y blottissaient... Pitié pour les six orphelins blessés dont deux sont handicapés à vie.

– Pardon, Seigneur, de me foutre complètement de la vie des autres conducteurs mais de respecter uniquement l'emplacement des radars et l'endroit où les policiers sont embusqués.

– Pardon, Seigneur, pour les centaines de jeunes qu'on trouve rituellement, chaque année, le samedi soir, déchiquetés dans les restes de leur voiture ou brûlés vifs en sortant des boîtes de nuit.

– Pardon, Seigneur, pour les voitures nouvelles, spéciales jeunes, que nous leur vendons allégrement, grâce en partie au cadran de vitesse indiquant deux cents kilomètres à l'heure. Aie pitié de nous, adultes, leurs marchands de mort.

– Pardon pour les bras d'honneur et autres gestes, face à un fou du volant, alors que nous savons que cela exacerbera son agressivité, en l'appelant à un peu plus de violence.

– Pardon, Seigneur, pour nous les anciens qui, nous considérant comme très verts, refusons de nous résoudre à lâcher le volant, prétextant que notre vue ne baisse pas trop et que nous entendons très bien d'une seule oreille.

– Pardon, enfin, Seigneur, pour être sans pitié pour le criminel alors que nous nous trouvons tant de circonstances atténuantes quand nous tuons sur la route par homicide involontaire, à la suite d'imprudences multiples ou d'un trop-plein d'alcool.

– Aide-moi, Seigneur, chaque fois que je prends ma voiture, à faire une courte prière pour Te demander une conduite pacifique, un accélérateur respectueux des limites et un grand amour de l'autre.

Sixième Partie

La Bergerie

Faucon… 20 ans après

De plus en plus jeunes, de plus en plus armés

Il a treize ans. Il fugue de centre en centre. Violent, agressif, il refuse toutes règles. La DDASS n'en peut plus. Alors, elle me le confie. C'est le premier contact. Il me regarde, de son regard en coin. « Franc comme un taureau qui charge », me dis-je. Le visage est angélique. La carrure adolescente est fragile. Il a vu le « patron ». Suffisant pour aujourd'hui. Il n'a pas articulé trois phrases devant moi. Mais dès que j'entre dans mon bureau, il commence à discuter avec mes adjoints. Une heure plus tard, il sort une arme chargée de son sac. Un 6,35. Il s'amuse avec. Alerté discrètement, je confisque le joujou de mort. Furieux, il veut se casser. « La porte est ouverte » est ma réponse. On palabre. « Ton arme, tu l'auras à dix-huit ans. » Il se calme. J'aurais fait disparaître le pistolet dans mon vide-ordures, il aurait filé aussitôt. Bien sûr, dans quatre ans, il pensera à autre chose et l'arme n'existera plus depuis belle lurette.

Ils sont de plus en plus souvent armés et de plus en plus jeunes. Certains sont de véritables petites bombes humaines. « J'ai peur de l'autre », me disent-ils tous. Alors ils s'arment au cas où…

Il part pour la ferme de Haute-Provence dans trois heures. Bien sûr, comme tous et toutes, il me pose ses conditions : « Pas question de vivre dans le purin », « La pioche, c'est pas mon trip », « Je me lève à midi », « Je me couche quand j'en ai envie ». J'écoute religieusement ses revendications et les abrège par cette seule phrase qui fait suite à une dernière menace : « Si on me cherche, on me trouvera. – Tu verras là-bas. » C'est l'heure du train. Au revoir rapide et glacial.

Des mois après…

Moments goûtés, attendus, ces six jours par mois avec eux. Dès mon lever, je vais les voir vivre. Entendre Jo me parler avec passion des canards, dindons, oies et autres volatiles me conduit sur la planète Mars. Adieu 6,35, adieu menaces et panoplies revendicatrices, qui m'avaient été crachées plus qu'exprimées des mois auparavant.

Voir Jo pile à l'heure porter ses deux seaux remplis de grains, pour nourrir les bêtes à plumes dont il est littéralement tombé amoureux, est un moment que je savoure.

Il a encore ses derniers gestes d'enfant et trouve d'instinct ceux du petit adulte. Le regard est direct. La parole est plus mesurée. Les muscles ont pris quelques rondeurs et la taille un peu de hauteur.

Et il me parle. Intarissable, il m'explique sa technique pour détecter d'œuf en œuf celui qui atterrira dans la couveuse. Il me dévoile, comme un secret d'État, qu'une cane pond toujours à la nuit tombante. « Juste avant de me coucher, je vais chercher son œuf », me murmure-t-il. Il ne se sépare jamais d'un carnet et d'un crayon pour comptabiliser avec orgueil la meilleure ponte d'Europe, selon lui. Le juge qui m'avait imposé le retour à l'école de Jo saura dans mon rapport que, quasiment analphabète, Jo a appris au moins à compter dans la plus belle école qui soit : la nature.

Inutile de décrire les premières semaines où l'oiseau, Jo, faisant son nid à Faucon, n'avait ni la gentillesse ni la convivialité de ses canards Mais plutôt l'agressivité du rapace en cage sautant sur tout ce qui bouge.

Vingt ans après, Faucon n'a pas pris une ride. Il a trouvé sa vitesse de croisière. Et c'est pour moi et mon équipe une espérance pas possible.

Jeunes d'aujourd'hui et... dinosaures

J'ai toujours posé des actes d'abord... Les idées ont suivi. Les jeunes loubards ont été ma source essentielle d'inspiration, leur pouvoir de créativité étant illimité.

Je n'ai rien fondé, rien créé. J'ai écouté, simplement, il y a vingt-deux ans, un appel fort, fait de rêves apparemment irréalisables.

Des jeunes, un soir de fin de beuverie, m'ont parlé. « Foutons le camp loin de Paris, Guy. Achète une ruine. On la rebâtira avec nos mains et de vraies pierres. »

La ruine du lieu-dit Faucon au cœur des gorges du Verdon est achetée en mars 1974. C'est le rêve... habité par des couleuvres et envahi de ronces.

L'éloignement des cités (puisque tel était leur désir) était leur premier appel pour fuir drogue, alcool, violence. Quant à l'idée, vite lancée et déjà oubliée, de nos députés qui planchaient, il y a peu, pour ouvrir partout des fermes à des années lumière des banlieues explosives, c'est le plan utopique de ceux qui vivent loin de ce que les jeunes veulent et cherchent.

Partir du désir des jeunes de quitter leurs lieux de débauche et de délinquance est autrement plus sain. Pour cela, faut-il au moins mettre le paquet et multiplier dans les cités à problèmes des milliers d'éducateurs. Ces mêmes députés votent pour multiplier les postes de police !

« Bâtir » quelque chose à eux, avec eux, pour eux, est autrement plus constructif que de leur fourguer manoirs et chaumières qu'ils s'amuseront souvent à détruire. Quand ce n'est pas leur affaire, les jeunes souillent et cassent.

Les jeunes de Faucon 1994 restent des bâtisseurs vingt ans après. Aussi difficiles qu'hier, ils ont usé toutes les institutions locales et nous sont confiés par les juges de France, de Suisse et de Belgique. J'ai aimé cette boutade superbe d'un juge, lors d'un récent placement : « Mon père, pour le dernier jeune que je vous ai confié, je ne vous demandais alors que l'impossible. Pour celui-ci, je vous demanderai un peu plus... »

Les anciens qui affluent, avec femme et enfants, racontent leur odyssée vieille de deux décennies. Ils admirent aussi les enclos qui se sont multipliés. « Ici, y avait rien avant. » Une colonie de paons peuple de leurs cris et de leur plumage ce lieu vide auparavant. Et là, que ferez-vous ? « Un parc pour autruches », décoche l'éternel Jo qui furète partout en écoutant l'histoire de Faucon. Il signifie par là qu'il est en plein dans la suite et que l'ancien de trente ans n'est qu'un vieux dinosaure !

« Vous avez une piscine, s'émerveille un autre ancien. – Non, un vivier », affirme fièrement un des jeunes. Et il invite Richard à pêcher une des quatre cents truites dorées que cet autre ancêtre fera cuire le soir au repas.

Je n'ai jamais voulu de piscine. Il y a dans le torrent tout proche des mares naturelles qui, par leur fraîcheur et leur convivialité (les jeunes du village y viennent nombreux), nous empêchent de vivre en circuit fermé. Pas de terrain de foot. Les mêmes jeunes du village nous invitent à des matchs homériques où nous perdons régulièrement. Ces rencontres-là, c'est de l'oxygène, indispensable pour l'intégration sociale.

Les nombreuses visites d'anciens m'impressionnent au-delà des mots : « Chérie, dit l'un d'eux à sa femme, c'est ici mon lieu de naissance. »

Les yeux embués d'un autre, dont la parole reste toujours bloquée par une enfance terrifiante, sont éclats de diamant. Les prisonniers, dans leurs lettres, parlent, eux, de leur « morceau de paradis » dans l'enfer de leur vie. Je m'isole toujours après ces rencontres émotionnelles si fortes.

Quand je contemple, le soir, le soleil dorant les pierres de Faucon, je chante une hymne de reconnaissance à Dieu et aux centaines de loubards qui ont bâti cette maison pierre par pierre. Sans oublier les innombrables donateurs dont le prénom est inscrit sur chaque pierre que le soleil couchant teint d'ocre et de feu.

Ces pierres chantent l'amour...

Le visage pacifié de Jo m'émerveille. Oh ! rien n'est acquis. Le meilleur de Faucon que chantent ceux et celles qui, malgré un suivi rude, constant, jusqu'au-boutiste, récidivent, ce meilleur reste dans leurs lettres, leurs souvenirs et leurs cœurs d'incarcérés. Nico exigeait des photos de toutes les bêtes et des chantiers nouveaux, durant ses dix ans de taule. Visité, aidé, il est sorti récemment de prison. Son désir : revoir le Faucon de ses rêves. Trois balles dans la tête, au cours d'un hold-up raté, quelques semaines après sa libération, ont stoppé le retour aux sources qui hantait sa cellule.

Terrible destin de certains d'entre eux. Mais la joie pour moi d'être resté à leurs côtés, sans désespérer, sans baisser les bras, sans jamais croire que tout est fini, n'est même pas éteinte quand je leur ferme les yeux. Je sais que l'Éternité les enveloppera de l'Amour qu'ils ont désespérément cherché et qu'ils ont apparemment raté ici-bas.

Sur cette terre si belle et tourmentée de Haute-Provence, ils ont appris qu'ils ont le droit d'aimer et surtout d'être aimés. C'est pour cela que Faucon les fascine. Les bestioles qui se multiplient, les enclos qui surgissent partout ne sont que la façade dorée de cette histoire d'amour. Il faut les voir et les entendre en taule plonger sur l'image, raconter, resituer, questionner et évoquer les souvenirs marquants pour eux et elles.

Ils ont eu là-bas la preuve que le meilleur reste en eux. Même si, ce coup-ci, ils l'ont encore loupé. La prison peut alimenter leur déchéance, leur désespoir mais aussi, à travers leurs seules années de bonheur, puiser là l'espérance qui, un jour, les sauvera. Gérard, Éric, Stef, Isabelle devenus compagnons à mes côtés, après nous avoir fait suer sang et eau durant des années, ne sont-ils pas notre plus grande fierté ?

Voir Raphaël retrouver Joa, la jument âgée mais toujours vaillante, est joie. Suivre Moktar, qui dès son arrivée fonce retrouver Martin, le compagnon de son adolescence à qui il parlait des heures entières, est allégresse. Je les suis côte à côte dans ces retrouvailles nostalgiques avec un passé où tout a joué : la chaleur humaine, la violence, qu'ils revoient avec les yeux apaisés de ceux qui ont mûri, leur refus dès leur arrivée de s'investir, leur investissement sans qu'ils s'en rendent compte. Tout cela est évoqué longuement. Leur question finale après le parcours du combattant de leur visite, des années après, reste la même : « Mais tu t'occupes de bébés maintenant ? »

Aujourd'hui les treize ans…

C'était mon désir depuis des années : avancer dans la prévention. Les quinze/seize ans qui atterrissaient à Faucon, violents, magouilleurs, perdus, hostiles à l'adulte, ont l'âge de mon feeling et de mes forces. La soixantaine se pointe à grands pas. Mon énergie n'a pas baissé. Mais il faut préparer les lendemains pour une succession qui arrive, à petits pas. Une fondation qui se sclérose part en quenouille. Après moi, des forces se lèveront pour assumer l'avenir. Ça je le sais absolument. À moi de prendre peu à peu assez de champ pour laisser la barre et vivre près de Faucon dans ce chalet dont je rêve, avec mes clébards, mes sangliers et mes fleurs. Avec un seul souci : maintenir le cap, sans aucune responsabilité.

Les gros bras de seize ans, qui cassent assez d'outils dès leur arrivée à Faucon pour en faire dans des siècles le plus grand musée archéologique de l'histoire de l'outil, sont toujours là ! L'arrivée de plus jeunes est un événement récent. Il apporte à notre communauté une fraîcheur nouvelle et bouscule nos habitudes. J'ai admiré très vite la solidarité des plus âgés vis-à-vis des enfants turbulents qui débarquent. S'occuper de plus petits est pour des adolescents un des moyens les plus sûrs de les aider à ne pas se refermer sur eux. S'impose à eux la présence forte de ces gosses juste surgis de l'enfance. Bruyants, jouant en travaillant, ils donnent une atmosphère particulière, chaleureuse, peuplée de cris, de rires et de fantaisie. Et bien sûr, des rythmes, des loisirs et des horaires différents.

J'admire Nourredine s'occupant avec une constance jamais démentie de Momo : « Va te laver les mains ! Tu pues ! Fonce à la douche. » « Ton linge sale, ça ne se met pas sous le lit. » « Arrête d'emmerder les chiens. » Incontestablement, l'autorité naturelle de Nourredine vaut largement la nôtre.

Avec les animaux, qui ne sont aux yeux des petits que des sangliers en peluche ou des chevaux de bois, il nous faut être vigilants à cause de leur approche pas très facile. Ils ne sont pas toujours prudents. On veille au grain.

Vigilance parfois déjouée ! Momo, qui touche à tout, débouche le filtre du vivier, une fois le bassin nettoyé. Personne ne s'en est aperçu. Heureusement qu'un compagnon perspicace est allé quelques heures plus tard vérifier si le bassin se remplissait. Les centaines de truites s'étaient échappées dans une petite mare. De retour dans le vivier, cent quatre-vingt-trois seront retrouvées le lendemain le ventre en l'air. Si nous avions un jour compté sur la production et l'efficacité matérielles, on aurait depuis belle lurette mis la clef sous la porte de la Bergerie. Les quatre portes sans serrure sont la preuve que Faucon restera toujours ouvert aux quatre vents de la gratuité, de la solidarité, de l'espérance et de l'Amour.

Intégration sociale et suivi

Ils restent moins longtemps à Faucon que durant les dix premières années. Un an est une bonne moyenne. Cela suffit pour éradiquer leur violence à fleur de peau, leur désespérance lancinante des débuts et leur passé qui leur colle aux fesses comme un chancre.

Les bêtes, le travail, les règles communautaires, l'isolement leur font découvrir très vite que travailler de leurs mains, manger à l'heure, bien dormir, vivre les loisirs qu'ils adorent les intègre dans un monde dont ils s'étaient écartés suite à des désastres affectifs, familiaux et sociaux. Les fêtes des deux villages sur lesquels nos terres sont assises, les messes qui les réjouissent et auxquelles ils participent, notre propre fête d'été qui rassemble des centaines de personnes sont essentielles pour une intégration progressive. De multiples gestes aussi des Provençaux leur apportent amitié et chaleur, et font sauter leurs a priori contre l'adulte. Plus que tout, j'admire la véritable tâche éducatrice des serveurs des bars qu'ils fréquentent régulièrement. L'humain qui était l'ennemi n'est plus un étranger qu'on fuit. Leur comportement s'en ressent fortement. Pas une seconde à perdre pour, de jour en jour, les rendre buvables, tolérants, respectueux des autres et des règles. Travail de titan où mes équipiers successifs excellent. Si mes compagnons m'apparaissent plus fragiles qu'il y a vingt ans, le don qu'ils font d'eux-mêmes reste le même. Forts et tendres, ardents à la tâche : je suis toujours admiratif devant une telle présence. Donner deux ans de leur vie (c'est la moyenne pour chacun de mes adjoints), c'est un atout maître pour leur devenir. Tous et toutes témoignent : « Après le travail à la Bergerie, je ne serai plus jamais comme avant. » Plus dur que cette tâche, ils trouveront difficilement. Aguerris, ils pourront assumer les tempêtes de la vie.

L'après-Faucon, pour nos adolescents, est une autre aventure, longue, exigeante. Les familles d'accueil (de plus en plus rares actuellement) ont la mission de continuer notre tâche en les intégrant dans le tissu social, par des stages. Rarement par une scolarité. J'admire là aussi la belle constance de tant de foyers qui se serrent pour laisser la place à celui ou à celle qui, pour la première fois, voit un couple équilibré, des enfants heureux, un environnement familial stable. Réussites et échecs font partie de notre lot. Le lot aussi de ces foyers aimants. Une immense patience, une persévérance faite d'espérance, de pardon et de : « Tu es tellement meilleur que la connerie que tu viens de faire », assurent doucement l'ancrage dans la société. Certains patrons qui subissent le choc de leur arrivée au travail sont à canoniser.

Le téléphone joue à fond la caisse, pour dynamiser le couple militant prêt à baisser les bras ou le patron qui, pour la énième fois, a envie de mettre à la porte celui qui va au travail comme un taureau entre dans l'arène.

Gaby assure la tâche énorme du lien avec les familles d'accueil. Tâche ardue s'il en est, à la recherche permanente de familles et pour assurer le suivi souvent chaotique du jeune qui cherche sa place parmi nous. Colette assume la mission très difficile du lien avec ceux qui ont récidivé. Quand tout s'écroule à nouveau : plus que jamais être là. De prison en prison, Colette vit cette constance, avec dans son sac les photos de Faucon, le cœur et le regard ambassadeurs de notre amitié et de notre solidarité.

Écrire est toujours la même aventure pour moi. Dynamisé par les milliers de lettres qui me disent combien ma plume aide au militantisme, réchauffe et pousse en avant, je continue à laisser glisser les mots. Pauvres mots, selon moi, inspirés par l'atmosphère d'un bar, par la paix d'une forêt ou jetés sur un coin de table. Mais issus toujours de l'urgence d'une situation ou d'un fait qui me pousse impérativement à écrire dans la minute.

Deux réponses parmi tant d'autres réjouissent l'écrivain du hasard que je suis.

La première, signée « La p'tite Mary » :

« Grâce au chapitre de ton bouquin *Jusqu'au bout*, intitulé "Petit enfant, comment apprivoiser tes grands-parents", les quinze jours passés chez eux en septembre ont été quinze jours de joie et d'amour partagés. Je te remercie de m'avoir montré comment vivre avec mes ancêtres (comme tu dis). Grâce à toi, j'ai découvert mes grands-parents et j'apprends à les aimer vraiment. »

La deuxième est d'une beauté sans égale pour moi :

« Mon mari venait de mourir d'une leucémie, trois mois auparavant. J'étais encore sous le choc du départ brutal de mon bien-aimé. Je commençais à sortir de chez moi. Allant dans un supermarché, je me sens très vite suivie par trois adolescents à la carrure impressionnante. Réflexions lascives, approche de plus en plus pressante. Je file du magasin, laissant là mes courses. Je m'aperçois, dès que je reprends le volant, qu'une voiture me suit. Je reconnais les trois importuns. J'accélère. Ils me talonnent. Paniquée, je prends le premier chemin rencontré. Il débouche sur un espace isolé. Je stoppe et les aperçois dans mon rétroviseur sortant brutalement de leur voiture. Quelques secondes au volant et je prie Dieu de me donner le discernement. Prière capitale dans ma panique que je surmonte mal. Et puis, grande lectrice de tes livres, je me dis : "Que ferais-tu, Guy ?" Ne pas avoir peur, affronter, dire les mots jaillis de ma propre souffrance. Oui, tu as écrit tant de pages sur la violence. Je les avais bouquinées avec mon mari, lues et relues. Ne pas avoir peur. Aller vers eux, ne pas montrer ma trouille et leur parler. Je sors brutalement de ma voiture et, au lieu de fuir, j'avance vers eux, soudain décidée et forte, et je les interpelle : "Vous devez avoir beaucoup souffert pour vous en prendre à une femme seule ! Moi aussi je souffre beaucoup. Mon mari vient de mourir." Les trois agresseurs s'arrêtent, les bras ballants. Mes mots semblent les avoir impressionnés. "Excusez-nous, madame, on voulait simplement s'amuser." La phrase tombe, libératrice. Je les invite soudainement : "Suivez-moi, on va discuter." Ils me suivent. Beaucoup de phrases hachées de part et d'autre dans un bar, chacune livrant sa souffrance et son désarroi. Je les quitte, heureuse, forte et confiante. Les mains se serrent. Une adresse d'un jeune m'est glissée. "On se retrouvera", me lancent-ils amicalement.

« Merci, Guy, d'avoir écrit qu'ils sont tellement meilleurs que leur apparence et leur agressivité semblent le montrer. Continue à nous dire, nous si loin d'eux, que leur violence n'est que masque et révèle de grandes souffrances. Et qu'on peut toujours plonger dans le cœur de l'être le plus dur. On y trouvera toujours un soleil. »

Au nom de l'Amour qui me brûle et que Dieu seul peut donner, au nom des vies tourmentées que je côtoie, cette lettre et tant d'autres m'invitent à vous dire « merci ».

L'histoire vraie et racontée de mon long compagnonnage aux côtés de tant de jeunes tourmentés a un immense écho. Le vôtre. Qu'il vous aide à vous mettre en marche. Il me pousse à aller toujours plus loin.

Comment dire Dieu ?

Des mois après son arrivée, d'instinct, naturellement, j'interpelle un de mes compagnons, aux qualités remarquables, avec qui j'ai partagé mes idéaux humains et évangéliques : « Tu es un sacré militant chrétien. Dans quel mouvement as-tu appris ton militantisme ? – Dans aucun, me répond-il. Je ne suis pas chrétien. » Saisi, je me tus. J'avais bien remarqué qu'à chaque grande fête, il laissait les autres aller à la messe pour préparer le repas amélioré. Mais j'y voyais une abnégation que j'admirais. Comme je ne demande jamais à quiconque ses idéaux de vie dès son arrivée, je m'étais une fois de plus mépris sur le sens de sa présence. Et tant mieux.

Ce qui me presse secrètement au fond de moi-même, c'est de partager l'Eucharistie avec ceux et celles qui me sont le plus intimes, ceux qui sont devenus mes compagnons et qui partagent le chemin si dur de « notre » tâche. Mais les repas qui s'éternisent, malgré les mille fourmis qui inciteraient plutôt nos jeunes à détaler et la réunion finale d'après le dessert où chacun s'exprime ne sont-ils pas Eucharistie bénie de Dieu ?

Cette proximité dans le travail, les loisirs, les coups de gueule et les moments de paix ne témoigne-t-elle pas de la présence de Dieu Amour qui hante notre communauté ?

La présence autour de moi de jeunes loubards à chaque Eucharistie, pour la plupart musulmans ou athées, n'est-elle pas la réponse la plus belle à ce désir secret de partager l'essentiel ? Bien sûr, ils ne communient pas. Ils ne croient pas au Christ ressuscité. Mais leur tenue, leurs gestes, leur silence, leur attitude recueillie, ne sont-ils pas hommage suprême à l'Amour qui descend dans mes mains d'argile ?

Une seule fois en vingt ans, le démon de la violence qui les habite s'est déchaîné, juste avant que je célèbre. J'arrive sous le porche de la chapelle et entends des éclats de voix. Je vois un des enfants de chœur menaçant avec sa croix Samir, dont l'aube est maculée de sang. Les anciennes, rasant les murs, entraient apeurées dans le temple. Je m'interpose aussitôt et prie Thomas de quitter les lieux. Suite à des insultes, un coup de boule avait départagé les belligérants. Après la tendresse, la colère de Dieu s'est déchaînée par mes poings toujours évangéliques mais éducateurs dans le châtiment. On en rit toujours avec Thomas et Samir devenus adultes, quand nous évoquons cet incident unique.

Il y a quelques semaines, sœur Emmanuelle du Caire, préparant son repos éternel dans une retraite voulue par ses supérieures, tout près de Faucon, a partagé une journée de notre vie. Après avoir voulu tout voir, tout écouter, l'intrépide sœur ayant enjambé la clôture des sangliers avec ses gambettes octogénaires, pêché une truite, gratté le sol avec nos jeunes, s'est enfin assise sur l'herbe, à l'ombre d'un grand chêne, pour célébrer l'Eucharistie.

Les jeunes et quelques compagnons assistaient à cette messe champêtre, à quelques mètres, comme d'habitude.

Au baiser de paix, main dans la main, je saluais la combattante d'Égypte aux innombrables luttes contre la misère. Notre chienne Aïsse, énorme clébard des Pyrénées, vient s'asseoir à côté de la religieuse. Sœur Emmanuelle a alors ce geste touchant et improvisé. Elle met son autre main sur la crinière de la bête. Tout était dit, exprimé. Les bêtes, nécessaire appui de notre pratique éducative, et l'amour qui nous lie pour annoncer Dieu étaient réunis dans une même image.

Hamid me l'a assez répété pour que je vous l'écrive : « Musulman, j'ai trouvé ici un sens à ma vie, une découverte de Dieu que je ne pouvais imaginer. »

Ah ! Les vaches

Point de vaches délinquantes. Point de taureaux violents ou agressifs. Mais des moutons sages et gras. Des cochons énormes et paisibles, blottis dans leur paille immaculée. Les chevaux étaient presque gênés d'uriner devant nous.

Un salon bourgeois donc, vitrine du beau, du bon, du propre et du meilleur de la paysannerie française. C'est au détour d'une allée fleurant bon le pinard et le purin que l'on s'aperçoit enfin qu'on foulait le Salon de l'agriculture.

Nos hommes politiques sont des accros de ce haut lieu agricole ! Mais labourage et pâturage, paille et grain, lactation et saillie sont les derniers de leurs soucis. Seule la caméra, visionnant leurs mains admiratives posées sur les pis de Marguerite, est la récolte désirée dans le seul champ qu'ils labourent actuellement : l'Élysée.

Les bêtes qui les ont vus passer, par vagues successives, avaient été assez conditionnées pour étaler sans états d'âme mamelles gonflées à bloc, gigots monstrueux et bijoux de famille on ne peut moins discrets.

L'ecclésiastique que je suis, parcourant ce prestigieux temple, n'avait apparemment pas lieu de rencontrer l'Église des pauvres, là où le rendement et l'efficacité sont les deux mamelles de ce salon.

Mais j'adore toutes les bestioles. Et puis les paysans qui étaient les maîtres du lieu ont tant de choses à dire au prêtre qui passe. Du stand des forestiers à celui du boulanger, en passant par l'enclos des autruches et celui des chevaux nains, on peut discuter familles, difficultés pour boucler le budget, chômage et qualité de vie. Passionnants moments.

Le loubard qui m'accompagnait s'est longuement intéressé aux saillies innombrables des taureaux et à leurs attributs plus que volumineux. Puberté oblige. Ensuite, direction : le stand de chasse pour visionner l'armurerie qui a fait son admiration.

J'ai essayé de tout voir, sans oublier lapins, volailles, faisans et paons, bêtes de menu calibre qui n'attirent jamais les pas des politiciens venant ici à la pêche au gros.

Un dernier regard sur les fleurs et les pelouses à la superbe ornementation, et il me faut retrouver vite mes jeunes.

L'appel de l'un d'eux, cambriolé et désespéré de retrouver tout saccagé dans son appart amoureusement décoré, me fait démarrer sur les chapeaux de roues pour passer la nuit chez lui et lui apporter la chaleur de mon amitié.

Juste retour au plancher des vaches...

Sangliérthérapie

Les paons et les faisans dorés, ils les admirent et aiment leurs cris gutturaux. Sans plus. Les dindes et les poules leur apparaissent peureuses et stupides. Ils ne les apprécient que dans leur assiette.

Les chèvres amicales et tendres ont une qualité d'approche qu'ils ne trouvent pas chez les moutons.

Mais parmi les vingt-deux groupes d'animaux qui peuplent la Bergerie provençale, les sangliers sont au hit-parade de la relation.

Depuis dix ans que le premier marcassin, minuscule et apeuré, a atterri chez nous, ce porc sauvage reste pour nos jeunes loubards violents, agressifs et tendus, la bête qui les fascine, les amuse... et qui les dompte. Enfin, pour être plus juste, qu'ils apprivoisent et qui les apprivoise. Nous avons actuellement trois femelles, un mâle et sept marcassins.

La qualité relationnelle avec les quatre bêtes adultes est tout à fait remarquable. « Maguy », énorme laie de deux cents kilos, se laisse caresser avec tendresse par tous les jeunes, sans distinction. Mais son humeur est variable. Un certain type de grognements les avertit que l'heure n'est pas à l'érotisme. Son départ immédiat dans sa cabane signifie : « Laisse tomber. C'est pas mon heure. »

« Océane », elle, a une tendresse spontanée mais pour des jeunes bien précis. Les autres, s'abstenir.

« Ritone » ne se laisse jamais approcher. Énorme bête de neuf ans, elle n'a pas été caressée petite. On n'osait pas. D'où son approche agressive, sauf pour la bouffe.

« Fernand », quatre ans, splendide mâle des Ardennes, est courtisé par tous les jeunes. Parce qu'il est le plus éducateur de la gent onglière.

Quand une gueule ne lui revient pas, il fonce. Pas de détails. Il faut seulement être assez leste pour sauter dare-dare par-dessus la grille.

Nos jeunes, avant de nous rencontrer, ont assumé des risques souvent graves. Mais ils ne les calculaient pas.

Avec « Fernand », ils sont confrontés à un risque qu'ils sont obligés de contrôler. D'abord, il ne donne rien sans échange. De plus, si le jeune est agressif, il ne lui obéira pas. J'ai constaté ceci de remarquable : le sentiment de respect et de confiance qui s'établira entre « Fernand » et nos jeunes se transférera ensuite aux adultes. Au fond, « Fernand » et ses copines représentent pour nous un sérieux facteur d'intégration sociale.

Les groupes nombreux qui viennent l'été visiter la ferme, sous la seule conduite de nos jeunes, admirent leur prestation dans l'enclos des sangliers. Cette admiration est pour eux inestimable.

Un de nos jeunes, un des plus violents que j'ai connus, a un don étonnant vis-à-vis de « Fernand ». Il en fait ce qu'il veut. Une complicité amicale (j'allais dire amoureuse) les lie. Marcel a progressé avec « Fernand » à pas de géant. Si les chevaux nous ont occasionné quelques fractures, les sangliers n'ont jamais blessé quiconque.

La majorité de nos jeunes, en nous quittant, vont vers des métiers dont la bête est le cœur. Ils ne sauront jamais que des sangliers, notamment, les ont remis en selle.

Sanctions… écologiques

Si des jeunes (particulièrement les nôtres) n'ont pas de barrières suffisantes pour leur signifier : « Stoppe là… Tu as été trop loin », rien n'est possible. Leur déroute immense ne fera que s'accentuer. Donc, qui dit barrières dit parfois sanctions. Les violences physiques et les insultes aux compagnons provoquent immédiatement l'exclusion de la communauté. Avec toujours un relais amical pour faire réfléchir en écartant d'un lieu où les règles ont été bafouées. Et puis on redémarre à neuf.

Mais il arrive plus souvent que, lorsque nos lois (élaborées avec eux et elles) sont piétinées, nous devons nous creuser la cervelle pour que la punition soit le plus éducative possible. Les priver de sortie, c'est les exclure d'une vie communautaire avec le village proche. Nécessaire oxygène et intégration sociale importante. Sanctionner au niveau de la paie n'est pas toujours un bon moyen. Cela peut les inciter à lorgner de plus près un portefeuille qui traîne dans un bar ou dans une poche revolver… et les faire revenir en arrière.

Donc des sanctions écologiques nous ont semblé les plus appropriées, au milieu d'un environnement splendide, source évidente d'idées inépuisables.

Didou arrive de permission avec huit jours de retard. Je discute et cherche avec lui, sous un chêne, la possible réparation… Le verger tout proche et le chêne m'inspirant, je lui propose de biner une vingtaine d'arbres fruitiers, avec cuvettes à l'appui, pour les arroser régulièrement. Bien sûr, durant le temps de ses loisirs. Je lui montre comment faire. Il bine lui-même le second, bien mieux que moi. Je n'ai pas manqué de le faire remarquer le soir à table devant toute la communauté.

À la place du baby-foot qui le passionne, passer une demi-heure par jour à faire respirer des arbres risque de faire entrer Didou dans l'immense harmonie de la nature.

Virginie, elle, a préféré nettoyer les douze cages à lapins. Ce qu'elle déteste habituellement.

Ahmed sortira une demi-heure par jour un shetland, capricieux et fantasque, avec lequel il ne communique pas d'ordinaire.

Charly aura pour mission d'emmener, chaque jour, deux brouettes pleines de luzerne aux sangliers qui adorent ce dessert.

Ainsi, arbres et animaux attendent avec impatience que pécheurs et pécheresses de notre communauté faiblissent pour mieux vivre !

Et c'est tant mieux.

Maître-chien... piège pour jeunes

Nos jeunes veulent quasiment tous être maîtres-chiens. Une maladie qui leur passera. Mais l'heure est grave pour nous ! J'ai personnellement trois clébards. La Bergerie de Provence en héberge quatre. Trois chiens dressés viennent de nous arriver, semant la panique dans la horde canine. Chiens inemployés comme leurs maîtres, mais particulièrement actifs quand une femelle est en chaleur. Vous devinez la suite. Les vétérinaires ne chôment pas.

Les stages se sont globalement bien passés. Aller dans un chenil ou à la SPA choisir avec eux leur clébard est la première étape. La deuxième, c'est le choix du nom du chien. « Pétard », « Gangster », « Voyou », « Brigand » vont, à entendre nos jeunes, en découdre dans les grandes surfaces, les banques et les parkings avec les voleurs, braqueurs et autres malfrats.

Bizarre de les voir passer, en théorie et à grande vitesse, de l'état de délinquance à celui d'homme de la sécurité. Revanche sans doute. Désir de franchir une barrière où ils auront autorité après avoir été jugés, fouillés, interrogés et parfois frappés au nom de l'ordre, par toutes les autorités dont ils ont dépendu.

Le stage est l'avant-dernière étape. Leur comportement difficile rend houleuse, pour certains, la période nécessaire à l'apprentissage. Et, pour peu que le chien s'avère plus caractériel que le maître, je plains sincèrement et le maître et la bête...

Le diplôme dans la poche, ils arrivent en tenue de parade avec leur inséparable compagnon, muselé et maté. Certains pour nous montrer la beauté du dressage ne cessent de donner des ordres au clébard qui, tel un élastique, s'assoit, se couche et se lève. Je stoppe évidemment rapidement l'exercice.

D'autres ont choisi dans un chenil le plus doux des compagnons. Je veux bien croire que ce type de chien évangélique est nanti d'une bonté telle qu'elle « désarmera » le pire des gangsters. Mais les banques ne le croiront pas !

De plus, quand ils vont se présenter pour une place, leur visage dur mais encore poupin et imberbe de dix-sept ans, avec leur carrure d'adolescent, les conduit tous au chômage… avec leur chien. C'est la dernière étape… et la source de maints désagréments. Les toutous nous restent sur les bras et le jeune ira vers d'autres stages qui sont, au cœur du chômage, l'« espoir haché » des jeunes de notre temps.

On est en train de régler ce problème de la gent clébarde envahissante. On reste avec les jeunes jusqu'à la majorité et au-delà. Mais ce type de stage est un magnifique miroir aux alouettes et un piège à cons qui coûte cher et nous cause les problèmes canins que vous savez.

Septième Partie

Chute(s) libre(s)

Péter les plombs

Le film *Chute libre* semble, par sa démesure, être un film de fiction. Un mec tout à fait commun, pris dans un inextricable embouteillage, sort de sa voiture et pète littéralement les plombs.

Il règle leur compte à des loubards agresseurs, tue un homosexuel qui veut le violer et fait gicler le sang un peu partout, au hasard de sa marche. Beaucoup de viande dans ce film. Film pas si étranger que ça à ce que la ville vomit de déséquilibres, d'angoisses et de déraillages.

Gare de Lyon, je dîne avec des jeunes dans le même restaurant, plusieurs fois. Agacé par le garçon qui me cire les pompes à chacun de mes passages, je ne manque pas de lui dire que me servir, c'est bien, mais la servilité, j'aime pas. Il n'en tient aucun compte. Un soir, je reviens dîner. À peine le hors-d'œuvre servi, je vois le garçon s'avancer et s'asseoir à mes côtés sans me demander l'autorisation. Il attaque d'un seul coup : « Mon patron est un enfoiré. C'est un escroc. Il ne pense qu'au fric. Nous, on est ses chiens. » J'écoute ses délires qui n'en finissent pas. Je lui précise que j'ai en face de moi un de mes gars et que j'aimerais continuer de discuter avec lui. Le garçon : « J'en ai rien à foutre, il faut que je te parle. » Voyant qu'il déjante, j'écoute un moment, m'excusant moi-même auprès de mon invité, ignoré splendidement par le serveur ! Le loubard de ce soir-là, heureusement, était très compréhensif. Sinon, je ne me serais pas porté garant de l'avenir immédiat de la table et de ce qu'il y avait dessus...

Autoroute du Sud. Accident grave, suite à un carambolage dû à notre manie de foncer comme des timbrés à trente mètres de celui qu'on suit. De peur de le perdre, sans doute...

Un ami assiste les blessés. Il voit une voiture resplendissante, pare-brise éclaté, cassé par une femme inconsciente et ensanglantée, affaissée sur le capot. Le mari s'extirpe de la voiture, regarde le pare-brise et la carrosserie en morceaux et s'exclame : « Ma voiture toute neuve ! »

Sa femme blessée, il ne l'avait pas vue. Elle lui crevait les yeux. Mais il ne l'avait pas vue. La carrosserie primait tout.

Notre amour de l'argent, notre désir fou d'accumuler des biens, notre refus de mettre la distance suffisante avec ce que nous vivons de trépidance dingue dans la ville, peut nous faire péter les plombs.

Allez voir *Chute libre*, et ne manquez pas de vous interroger. Vous pourriez, alors, décider de consacrer à votre oxygène personnel assez de temps pour rester des humains. Il est encore temps.

Vacances... nouveaux horizons

Une pub d'enfer te pousse à élargir tes horizons... Mas de rêves, mer bleu d'azur, chalets fleuris de montagnes... Les prix s'alignent, modestes ou somptueux. Pour tous les goûts, pour toutes les fortunes. Cette pub a évidemment oublié les RMI, exclu les exclus et mis aux oubliettes les femmes seules, et les anciens calfeutrés dans leurs quelques mètres carrés. Des jeunes de banlieue, aidés par des associations qui rament dur, pourront s'évader de leur HLM. Mais pas tous, malheureusement.

Je te vois d'ici foncer sur l'A6, dès l'aube des deux seuls mois où la pub te presse de partir... à trente mètres du tuyau d'échappement de ton prédécesseur. Englué, empesté mais heureux. Tu ne peux te passer de cette transhumance moderne. Elle fait partie de tes vacances où tu exportes ton oxygène parisien, à ras le bitume. T'es perdu sans cette « HLM routière et horizontale » faite de tas de ferrailles agglutinées, puantes, pétaradantes, roulant à fond la caisse.

Tu vas arriver épuisé sur la Côte d'Azur. Tu te jettes à l'eau pas encore polluée. Sur la plage, tu seras à dix centimètres de ceux qui bronzent à tes côtés. Tu feras la queue partout, pour manger, te distraire, visiter. Tes oreilles, emplies de walkman ou de transistor dans cette nature si belle, t'empêcheront d'écouter le chant des oiseaux et le vent dans les arbres. Ta vision de la nature sera limitée à ton parking, au macadam surchargé, aux hôtels bruyants et aux paysages splendides traversés à toute vitesse.

Tu contesteras les prix, tu râleras dans les embouteillages, tu dormiras peu et tu mangeras trop. Des vacances superbes, quoi !

Peux-tu imaginer une location où blottir ton camping-car en pleine nature ?

Peux-tu déjà rêver de marches solitaires au cœur des Cévennes, de l'Ardèche ou des Alpes-de-Haute-Provence ?

Peux-tu envisager de faire deux kilomètres à pied pour aller chez l'épicier du village et ramener du pain de campagne fait main et du fromage de chèvre acheté au couple qui trime dur dans la montagne ?

Peux-tu imaginer te passer de télé durant un mois ? Lire les journaux, mais plus d'images...

Peux-tu penser surtout au nouvel horizon que seront les yeux de ta femme que tu ne regardes plus ?

Peux-tu croire que tes gosses figés devant la télé, dévorés par leurs jeux électroniques, peuvent avoir besoin de ta tendresse, de marcher à tes côtés, de ton écoute ?

Un couple, au bord du divorce, a retrouvé durant des vacances l'amour qui foutait le camp. Par un hasard malencontreux et providentiel.

Hôtel grand confort et tout, ils décident de faire une randonnée. Ils se perdent trois jours. « Notre amour a retrouvé ses marques durant ces journées harassantes », m'a-t-il dit.

Perdez-vous dans la montagne. Pas trop longtemps. Mais suffisamment pour vous retrouver et retrouver l'autre.

Bonnes vacances !

Le « trône de la jungle »

Jack, le bison gaullien, n'en pouvait plus d'être parqué dans un coin de l'immense prairie de ses impatiences et de son obsession élyséenne.

Édouard se terre, telle une taupe, préférant les couloirs souterrains qui minent inexorablement la plus impénétrable des citadelles.

Valéry, à la ténacité de chacal, louvoie, apparaît, disparaît, se terre et se débusque au gré des vents fluctuants qui l'ont porté au sommet... qu'il veut sans cesse rattraper.

Robert, dinosaure dépassé, fait ce qu'il peut pour jouer aux grands dans la bataille inégale où il ne pense qu'égalité.

Arlette, telle une perruche, annonce sa belle chanson avant tout le monde, malgré son disque au ton répétitif et lassant.

Michel, souris pas rancunière, renonce. Il a préféré pousser Jack, l'éléphant. Le pachyderme n'avait plus qu'à secouer ses larges oreilles pour dire qu'il existe... et se présenter. Son retrait de la scène a bouleversé le cœur des gens parce qu'il a révélé enfin ce que la politique peut avoir de noble.

Lionel a pris le relais, touffe de poils blancs en avant !

Jean-Marie, coq gaulois, aborde son dernier parcours. Attendons-nous aux cocoricos vociférants du gallinacé dont le troupeau de volailles se rétrécit au gré des couleurs que le maître s'obstine à ne voir que blanches.

Ce bestiaire, qui s'allonge de jour en jour, annonce les batailles des concurrents qui se placent. La nuée des prétendants au trône de la jungle s'affirme, colorée, contrastée, avide de prendre la première place. Et, apparemment, parfaitement ignorante des fourmis qui, elles, ont le pouvoir.

Fourmis, nous travaillons. Beaucoup s'étiolent au bord de la route. Certains crèvent de faim. La plupart sont perdues au milieu de ces promesses irréalisables.

Aveugles et conscients, nous faisons le tour de ce bestiaire qui nous assiège en nous promettant le confort, le travail, la sécurité, la paix, la justice et mille autres bienfaits.

Mais les fourmis savent, au moins, que la solidarité de leur fourmilière est leur seule sécurité.

Elles besognent sans relâche en regrettant tout ce temps perdu par ceux qui croient à leur bonheur pour oser en prendre la tête.

Le vieux roi, démissionnaire, lion fatigué par de multiples combats, soigne sagement sa prostate impériale, laissant errer son regard sur ceux qui, déjà, ne l'assiègent plus.

Quant au dauphin qu'il leur faudra bien élire, les fourmis prendront le meilleur parmi les prétendants. Tanguant entre le bison qui fonce, la taupe qui creuse ou le silencieux qui guette, elles choisiront quoi qu'il arrive... Le choix malheureusement ira sans doute à celui qui n'aura pas su leur dire : « Ce trône, je m'en fous. Le pouvoir, je m'en balance. On va bosser ensemble au service de la plus petite parmi les fourmis. »

Une étoile dans les ténèbres

Alain, visiteur de prison en Belgique, n'en pouvait plus. Les difficultés rencontrées dans sa mission auprès des prisonniers le faisaient démissionner. Je lui écris au plus vite : « Tu es l'étoile au milieu de tant de noirceur. Lâche pas, Alain. Dans la pire des ténèbres, l'étoile luit. C'est elle qui guide. »

Un juge d'enfants me fait part de son désarroi et de ses déchirements face aux jeunes multirécidivistes qui se retrouvent dans son bureau deux fois par semaine. « Juge, dans la tourmente dingue que vivent ces jeunes, tu seras leur boussole… Ils ne le sauront pas tout de suite. Un jour, ils découvriront l'étoile d'espérance que tu auras été, dans leur jeune vie, en refusant de les incarcérer. »

Jeune conducteur, tu m'écris que, voulant respecter le code de la route, tu es harcelé, bousculé, klaxonné avec, en prime, les bras d'honneur qui fleurissent de maintes portières. « Bravo… Respecte, à travers le code, la vie des autres et la tienne. » « Pauvre étoile perdue au milieu des routes ! me diras-tu. – Non. Tu es étoile resplendissante au volant. Il en manque sacrément. »

« L'État me baise la gueule ! dis-tu. Donc, je triche moi aussi. – Alors tais-toi. Un tricheur qui triche parce que l'autre triche ne sera qu'un mouton persécuteur et persécuté. Ne sois pas un assisté. Ne profite pas de l'État. Respecte-le. Il est toi. Il est l'autre. Dans ce ciel-là, il y a si peu d'étoiles. »

« Je n'ai de leçons à recevoir de personne » est le

poncif exécrable de tant de politiciens. Passons sur l'humilité d'une telle devise. Le politicien qui admet s'être trompé et accepte d'être fraternellement corrigé est une des plus brillantes étoiles. Parce qu'il est l'étoile du berger politique qui n'a pas peur d'entendre : « Tu peux te tromper, toi aussi. On a besoin de la bonne direction. Retrouve-la. »

Les bergers allant vers la crèche n'ont eu qu'une étoile pour guide.

Dieu s'est servi de cette lumière qui scintillait pour dire où son Fils habitait… 2000 ans que nous suivons cette étoile !

Dieu habite en toi. Il te demande d'être une étoile, chaque jour. Admire celle de l'autre. La tienne sera la plus éblouissante si, dans le monde ténébreux, puant, où tu te trouves, tu illumines de mille feux.

Ton étoile sera combat, audace et durée. Car tu refuseras toujours d'être celle des sapins de Noël. Elle ne dure que le temps des fêtes. La tienne proclamera que Noël, c'est l'étoile de la Bonne Nouvelle qui ne disparaît jamais. Parce qu'elle ne dure que vingt-quatre heures. Cela suffit pour annoncer l'éternité.

Ne jamais aimer en vrac…

Combien de lettres de parents paumés qui ne comprennent rien au canard qui les bouscule dans leur couvée de poussins !

« On l'aime bien comme les autres. Mais il est si différent ! » « Il a toujours été autre. On ne sait comment réagir avec lui. » « Très tôt, il a donné des signes qu'on n'a pas eu le temps de comprendre. »

Chaque personne est unique, avec sa part de mystère, son originalité, ses exigences particulières. Aimer en vrac ses enfants sans avoir cette attention qui les différencie, ce regard qui essaie de comprendre, cet amour qui s'adresse à chacun dans sa différence, peut provoquer à la longue tensions, déchirures. Et parfois des situations dramatiques.

Pour personnaliser, il faut avoir d'abord du temps, beaucoup de temps. Souvent l'enfant devient adolescent au moment où le père grimpe l'échelon social. Le père, de plus en plus pris, a de moins en moins le temps d'être présent dans le nid. Alors l'enfant qui pousse mal aura, comme seule interlocutrice, sa mère. Le besoin du père, souvent absent, précipitera l'ado dans sa dérive.

S'il est un choix que les parents ne font pas souvent, c'est bien celui de l'évolution de leur carrière par rapport aux problèmes que leur posent leurs enfants. J'ai le merveilleux souvenir de ce père de famille annonçant à ses enfants, pourtant petits, qu'il renonçait à une promotion importante qui ne lui permettrait pas de leur donner le temps de présence dont ils avaient besoin. Les enfants n'ont pas très bien compris. J'ai vérifié combien, devenus adolescents, ils ont infiniment apprécié ce choix.

Mes parents m'ont toujours stupéfié par leur personnalisation. Quinze gosses si différents ! Et quel regard pour chacun de nous ! Nous avons été élevés comme des enfants uniques. Nous restons tous et toutes marqués par ce regard géant d'un homme et d'une femme sur chacun de nous.

Dans ma tâche d'éducateur, je cherche parfois longtemps ce qui a pu déclencher dans une famille la délinquance d'un seul des enfants.

Pour Jeannot, particulièrement difficile depuis des années, je m'interrogeais. Et puis, un soir, sa mère me raccompagnant dans l'ascenseur m'a soudain donné la clef, sans que je la lui demande. Entre le 5e et le rez-de-chaussée ! « Je savais que Jeannot était différent. Tous sont allés à l'école maternelle très tôt sans problèmes. Lui, il hurlait durant des heures quand il me quittait. Il était différent. Je le savais. J'aurais dû laisser mon travail. Il avait besoin de moi plus que les autres. »

Double emploi assassin…

« J'ai renoncé à un travail de fleuriste, emploi où je suis qualifiée, malgré la demande réitérée de la patronne du seul magasin de notre village. J'aime aller, de temps à autre, y acheter des fleurs en me réjouissant discrètement de voir une jeune fille épanouie qui travaille à ma place. Mon mari a un bon salaire. Chrétiens, nous ne pouvons accepter, dans le monde sans travail d'aujourd'hui, de prendre une place qui ne ferait que favoriser un superflu que nous refusons. »

Maryse me commentait ainsi un morceau d'héroïsme d'un couple chrétien.

Beaucoup plus que pour meubler son temps, elle est entrée dans une association de quartier au service des mères célibataires isolées.

Avoir dans son foyer un salaire bien au-dessus du Smic et pouvant faire vivre la maisonnée doit paraître suffisant pour un couple accroché à l'Évangile et désirant le vivre au ras des pâquerettes.

Tant de personnes ayant exercé des fonctions lucratives, ou militaires, ou dans l'administration, ou libérales ou commerciales, rebossant avec un salaire élevé (s'ajoutant à une retraite très confortable) assassinent l'emploi. Et ne font qu'augmenter la cohorte des vautours qui se repaissent de tout ce qui passe à proximité de leur estomac insatiable. Ils sont des milliers.

S'ils ne sont pas chrétiens, ils peuvent concevoir que le monde n'est qu'un immense repaire de loups qui n'ont que faire des plus faibles. Soit. C'est leur affaire et je les laisse à leur chacun pour soi de tueurs.

Mais s'ils sont chrétiens, alors c'est moi qui montre les crocs. Et, face à eux, je ne désarme jamais. J'ai eu des discussions homériques avec certains. « J'aide les autres avec mon salaire » ne tient pas la rampe. Permettre à quelqu'un de se tenir seul debout, par son travail, est infiniment mieux que de lui payer des béquilles.

Être chrétien et vivre dans le superflu, alors que tant de frères et sœurs perdent leur dignité, vivent comme des parias et se sentent inutiles, hurle vers Dieu qui demande justice.

Entre chrétiens, on n'a aucun cadeau à se faire au niveau de la correction fraternelle. La prière, bien sûr, doit appuyer toujours le choc des discussions.

Édouard peut toujours nous faire acheter des voitures neuves en reprenant à bon prix notre tas de ferraille. Il peut se débattre comme un beau diable avec ses copains ministres pour trouver des emplois. C'est son boulot et je le respecte.

Mais notre égoïsme, cause de tant de suicides de chômeurs, de tant de familles désunies et de gosses à la dérive, aucun homme d'État ne pourra le dénoncer avec autorité. Seule l'Église, face à l'Évangile, retrouvera les mots terribles du Christ vis-à-vis de l'argent, de l'appât du gain, de la rage de posséder.

Timide Église, n'aie pas peur de reprendre le fouet du Christ.

Les puissants te vomiront. Les petits te béniront.

À toi, Lucette

Tu nous interpelles, dans les journaux, pour nous dire que tu défends partout dans le monde les droits de l'homme.

Cette mission, tu sembles la prendre avec cœur. Tu es ministre des Droits de l'homme. C'est le ministère le plus beau, le plus noble, et c'est chouette que ce soit toi qu'on ait choisie. Les enfants prostitués, les femmes maltraitées, les peuples bafoués, piétinés, écrasés, tu n'acceptes pas. Et tu as raison. De Sarajevo à Djibouti, de Thaïlande au Salvador, tu vas et tu protestes.

Mais, Guadeloupéenne, tu as sans doute oublié que tout près, tout près de là où tu habites, il y a un endroit minuscule où l'homme a perdu ses droits de vivre, sa dignité. Je parle de la plus belle porcherie de France : la prison de Pointe-à-Pitre. Je l'ai visitée il y a quelques années. J'en suis sorti la nausée à la bouche. Et pourtant, Dieu sait si j'en ai visité des taules en forme de tombes, surchargées, où l'homme n'est qu'un numéro, un zombi, un rien. Mais là, ça dépasse l'imaginable. Et rien n'a changé. C'est le Moyen Âge carcéral. C'est une honte pour la France.

Aucune intimité. Des dortoirs archipleins. Promiscuité, hygiène aberrante, chaleur insoutenable et deux cours microscopiques offrent des conditions de vie inhumaines.

Les viols ne sont pas rares. Ignorés ou étouffés simplement par l'administration pénitentiaire. Beaucoup de drogués. L'ombre du sida plane sur cet espace minuscule prévu pour cent détenus. Il y en a deux cent cinquante.

Ce qui m'a frappé, c'est le bruit incessant que renvoient les murs de béton avec les sonos à fond la caisse, les ballons qui frappent sans arrêt ces mêmes murs dans les deux cours où le soleil perce à peine, empêchant tout dialogue, toute concentration. Aucune intimité : on ne peut s'isoler une minute. Les rats pullulent, grouillent dans les eaux usées qui s'étalent sur la voie publique.

Cette prison déshonore la France, Lucette.

Et ne me dis pas que c'est la faute de Pierre, le ministre de la Justice. OK, c'est de sa compétence directe : arrangez-vous.

Mais fais vite. Ils s'entre-dévorent, Lucette ! Le visiteur que j'ai rencontré en juin dernier, à sa sortie dominicale de la prison, m'a dit : « Je viens de voir un jeune à l'oreille bandée. Je lui ai demandé s'il avait une infection. » Réponse : « Non, un détenu m'a mordu l'oreille cette nuit, et m'en a arraché un bout. »

La drogue et notre hypocrisie…

Ces deux questions, lancinantes, reviennent à chaque conférence. « Fumes-tu ? » (de la drogue évidemment) et « Que penses-tu de la drogue douce ? ».

Durant ma réponse, les mouches volent. Question cruciale.

Je dénonce d'abord notre hypocrisie d'adultes.

Je vais voir le concert de « Metallica » pour honorer un jeune, fou de cette musique. Bonjour mes oreilles ! Des milliers d'ados présents fument du « shit » au vu et au su des policiers. Personne n'intervient. Les flics sortent en planant !

Dehors, ils arrêteront allégrement tout porteur de barrettes de « shit ». Et dans toutes les prisons, la drogue circule sous le manteau…

Écœurement des jeunes devant notre hypocrisie et notre incompétence.

Des centaines de milliers de jeunes en France ont fumé et fument. La plupart en font un usage récréatif et convivial. Une soirée entre jeunes et le joint passe de main en main. Cette masse énorme d'adolescents n'en abuse pas. C'est pour eux un interdit très agréable à franchir de temps en temps. Sans plus.

Partout où je passe, même dans le plus petit village, des jeunes me confient avoir planté quelques plants de marijuana dans un lieu tenu jalousement secret. Parfois, tout bonnement dans le jardin de leurs parents. Les naïfs géniteurs ne connaissant pas ce type de plantes et ravis de voir leur lardon donner dans l'herboriculture arrosent consciencieusement la précieuse plante durant les vacances de leur chérubin !

Certains jeunes deviennent accros psychologiquement. C'est une minorité. Il n'y a pas d'accoutumance dans la drogue douce. Mais abuser du cannabis (pour les non-initiés : shit, marijuana, cannabis, c'est pareil) les rendra malades. Pire, les fera sauter plus haut dans la drogue dure : 27 pour cent font ce pas dramatique, toujours catastrophique, parfois mortel…

Un marché énorme (des milliards de francs) passe en douce dans cette fumée hallucinogène. Mais, surtout, les citoyens respectueux qu'on veut former apprennent qu'il faut tricher avec la loi, puisque l'adulte triche face à ce phénomène. Le problème de société évident, posé par l'immense foule des transgresseurs, doit nous réveiller, et vite.

Si on ajoute que la foule des jeunes, adossés aux murs de leur HLM, à ne rien faire, peuvent gagner plus que leur père qui bosse dur, en vendant les barrettes tant désirées, on a compris la difficulté supplémentaire pour les mettre un jour au travail.

Travailler avec la génération pas encore touchée me semble prioritaire.

Dans certaines banlieues, des associations mobilisent des pères à la retraite. Ce repère absolu qui connaît tout le monde a, par rapport à la drogue, un avantage énorme face aux policiers noyés, submergés, et avec qui les jeunes adorent jouer à cache-cache.

Enfin, et surtout, aider les jeunes à s'organiser, à mettre en marche des projets d'action professionnelle, sera la meilleure drogue de l'espérance à leur offrir.

Nous pouvons toujours, nous, adultes, plancher interminablement sur la dépénalisation ou la légalisation de la drogue douce. Restent les deux problèmes cruciaux de l'heure : prévention et information.

Les sorciers du XXIe siècle

La nouvelle tombe, terrible, incroyable : cinquante-trois morts, brûlés vifs, ou assassinés, ou suicidés, par cette fameuse secte suisse de l'ordre du Temple solaire.

Le Grand Maître de cet ordre disait : « Donnez. Vous allez recevoir. Videz vos poches, c'est signe de dépouillement intérieur. » Ils ont des phrases merveilleuses, ces pompes à fric, ces enfoirés de gourous. Des pauvres gens sont attirés comme un aimant par des gens parfois fascinants. Leur discours est toujours le même. Trois impératifs essentiels se dégagent derrière leurs théories fumeuses.

• Dépouille-toi. Donne-moi ton fric.

• C'est moi et moi seul qui vais te dire ce que tu dois faire.

• Ne revois plus ta famille ni tes amis.

Évidemment les gens qui entrent dans la secte peuvent, au début, être interrogatifs et avoir besoin de demander l'avis des autres. Les responsables de la secte leur disent de couper avec tout le monde, en les dépouillant de tous leurs biens, en devenant les interlocuteurs uniques d'écoute et d'attention, et en détruisant le cercle familial et amical de façon à pouvoir opérer en toute impunité.

Voilà les trois éléments indispensables à connaître pour comprendre le chemin tortueux dans lequel s'enlisent peu à peu des personnes, parfois très cultivées, mais naïves, et au psychisme altéré.

À côté de notre lieu de vie de Haute-Provence, la secte du « Mandaron » devient, elle, du vrai carnaval. Des statues géantes de Jésus ou de Bouddha se dressent, mais moins énormes que celles du gourou qui, du haut de ses trente-deux mètres de ciment sculpté, enlaidit le paysage.

Cette statue doit, à mon sens, servir d'épouvantail à la gent ailée des alentours !

La connerie de telles sectes s'étale à longueur de colonnes dans la presse et fait la une des médias. Ce qui les valorise plus qu'elle ne les ridiculise.

Des enquêtes approfondies devraient être faites face à ces manipulateurs, qui accumulent toujours un trésor de guerre soutiré aux béni-oui-oui qui adhèrent à leurs délires.

Les lois françaises laissent fleurir aux quatre coins de notre pays ces amoureux du fric et ces vampires des âmes faibles. Aujourd'hui n'importe qui, s'érigeant en arrière-petit-fils de Dieu ou neveu du Saint-Esprit, peut, bon an mal an, bâtir un empire, que des esclaves innocents et peu perspicaces servent et entretiennent. Quand ils ne se vautrent pas au pied de leur idole.

Une personne de Castellane a vu un jour arriver une puissante et luxueuse bagnole. Le gourou en descend. Ses adeptes à qui mieux mieux embrassent les pneus qui avaient eu l'honneur de conduire jusqu'à eux Sa Bêtise Colossale et… leur grippe-sou patenté.

Oui, l'État devrait foutre son nez dans ces lieux de perdition, où il faut parfois des années pour restructurer une personne qui, de gré ou de force, a quitté ces lieux où le pouvoir suprême du culte du gourou et la puissance de l'argent supplantent tout.

Il ne faut pas minimiser non plus la collusion des sectes avec certaines autorités du lieu. La puissance économique que ces sectes dégagent enlève parfois tout discernement à des maires ou députés qui pactisent honteusement avec elles.

Permis de construire, par exemple, donné pour ces

statues qui défigurent le paysage. Quand on sait le côté tatillon de nos lois sur les permis, clôtures et murs, c'est à se taper le derrière au plafond quand l'œil accroche ces horreurs qui s'élèvent au gré des fantaisies délirantes d'escrocs et de manipulateurs.

Oui, il est temps qu'une loi puisse stopper l'assaut de ces sorciers du XXIe siècle.

Quant à nous, chrétiens, qui tapons à bras raccourcis sur les sectes, il serait plus que temps de retrouver la verdeur, la puissance et la beauté de l'Évangile. À vivre au ras des pâquerettes, c'est à mon sens le seul antidote qui permettra aux passionnés de l'Absolu de vivre l'idéal le plus haut qui est proposé à l'humanité.

Violence d'aujourd'hui, violence sans raison

La grande ennemie de la prévention dans certaines violences actuelles, c'est l'irrationnel.

C'est-à-dire, il n'y a pas de raison apparente à une violence qui se déchaîne

De plus en plus, il y a une multiplication de violences exercées par des jeunes, sans raison précise.

Je suis très frappé par l'évolution des banlieues qui explosent sporadiquement. À Mantes-la-Jolie, il y a sept ou huit ans, Aïssa avait été arrêté par les flics. Il avait de graves problèmes de respiration. Il lui fallait un médicament. Les flics ont refusé de lui donner, et Aïssa est mort dans le fourgon de police. Les jeunes de la cité, pour se venger, ont tué Marie-Christine, une « fliquette ». Et les policiers ont tué Youssef au cours des émeutes qui se sont multipliées. Il y avait là des enchaînements logiques. Meurtriers, terribles, à dénoncer, mais logiques.

Il n'y a pas longtemps, quand les banlieues de Vaulx-en-Velin, près de Lyon, ont « sauté », il y a quelque chose de nouveau et de grave qui s'est passé. Des jeunes volaient des Mercedes, des voitures puissantes, au vu et au su des flics, et ensuite leur fonçaient dedans. Les flics ont tiré sur eux pour se défendre, et il y eut un mort. Aussitôt ce fut l'émeute ; c'était apparemment une provocation de haine gratuite.

Ils volaient des bagnoles, ils fonçaient dans les flics... Seule explication des jeunes : « On a la haine ! »

Des jeunes ou moins jeunes poussent des gens sous le métro, comme cela, pour voir. Sans raison.

Des jeunes enfants ou adolescents envoient des pierres sur l'autoroute et tuent ou provoquent des accidents graves.

J'ai vu deux films coup sur coup, *Léon* et *Tueurs nés*.

Léon est un tueur professionnel et, par hasard, il rencontre une petite fille, de treize ans, qu'il héberge. Il la forme à être tueuse à son tour. Cela se termine quand même bien, parce que cette fille, à la fin, revient à l'école. Elle tue au hasard, comme le lui apprend le tueur.

Et *Tueurs nés*, alors là, c'est une orgie de sang dégoulinant partout. Incroyable. D'abord, un couple tue des flics systématiquement et puis au hasard, n'importe qui. Leur seule logique : « Je suis né pour tuer, c'est mon destin. » C'est la première fois que je vois un film baignant dans une telle orgie de sang et d'horreur, avec les acteurs tuant avec un plaisir fou. Pour rien. Pour tuer simplement.

L'image finale, démentielle, se situe dans un camping-car. Le couple arrive à s'évader de prison et à disparaître. On les voit, et c'est la dernière image du film, dans un camping-car avec quatre enfants. Elle, avec un ventre énorme, prête à accoucher du cinquième.

Comme dans certains films d'horreur où des fous doublés de savants essaient de manipuler génétiquement des bêtes qui deviennent monstrueuses, la dernière image fait pressentir que l'enfant qui va naître sera un monstre qui va recommencer, avec ses quatre frères et sœurs.

Terrible, ce film-là. Jamais je n'ai vu une fin aussi destructive et immorale.

Un policier disait récemment que la difficulté actuellement, pour les jeunes, pour les comprendre, c'est qu'ils n'ont plus besoin de raison pour faire ce qu'ils font de mal. C'est une forme désespérée d'autodestruction. Cela veut dire que des repères sautent, cela veut dire que des verrous sautent, que des tabous sautent. Cette violence refoulée est le fait quand même, on peut le dire, d'individus isolés. En Algérie, les fous de Dieu décident de tuer des gens précis. C'est planifié, il y a une raison. Elle est folle, blasphématoire: évidemment. Elle peut s'expliquer par la rage du FIS qui devait avoir démocratiquement le pouvoir au cours d'élections stoppées devant la victoire annoncée des islamistes.

Tandis que cette violence irrationnelle et refoulée est le fait d'individus isolés. De plus en plus, elle atteint des jeunes, de plus en plus jeunes. Souvenez-vous de Liverpool: les petits Robert et John qui ont tué le petit James de façon épouvantable, Robert et John n'avaient que onze ans. Le petit James n'avait que quatre ans. Ils l'ont massacré d'une façon effroyable.

Quelque quinze jours plus tard, en France, des jeunes de dix, douze ans tuent un clochard, qu'ils voulaient protéger.

Que propose-t-on comme héros actuellement aux jeunes de ce temps ? Ils répondent: Vandamme, Rocky. Les tueurs que l'on voit à la télévision. Et puis les jeux, vengeurs, tueurs, les jeux que l'on donne aux mômes de dix ans actuellement, ces jeux électroniques à base de crimes ! Avant, à force d'aller à l'école, on jouait à l'école évidemment. Maintenant, à force de voir des monstruosités et de passer par la télémassacre, nos chérubins jouent d'instinct aux tueurs.

Raimu, il y a cinquante ans, avait failli se faire lyncher, à la sortie d'un film où il jouait le rôle d'un méchant, par des personnes qui l'avaient reconnu. Et maintenant, est-ce que l'on va lyncher les acteurs qui font saigner et découpent allégrement en petits morceaux ce qu'il leur passe de vivant entre les pattes ? Non. Ils deviennent des héros.

Des scientifiques français viennent de découvrir que la Terre risque de perdre le nord. Je crois qu'ils ont dû mal regarder, c'est déjà fait. Pour retrouver la boussole, quoi faire ?

En vrac, quelques questions posées aux adultes.

Vous, adultes, êtes-vous clairs avec vos enfants ? Je parlerai d'abord de la télévision. Je ne dis pas que la télé est la source de tous les maux. Non. Mais je pense qu'elle engendre chez des êtres faibles, des déviations qui peuvent être catastrophiques.

Il y a un an, à Paray-le-Monial, avec des milliers de jeunes, j'avais fait une diatribe sur la télé. Ça avait été assez violent.

Je leur disais : « En dehors de la gueule de François, d'Édouard, de Jack et de tant d'hommes politiques, de films bonasses, d'une pub d'enfer, est-ce que vous pensez que la télé aide nos petits à grandir ? Alors, face à la télé et aux gosses, que faites-vous ? »

Un an plus tard, j'ai vu un couple à Paray-le-Monial. Ils m'ont sauté dessus, en disant : « Guy, c'est extraordinaire ; tu ne peux pas t'imaginer, on a foutu notre télé en l'air. Le lendemain de ton intervention, l'an passé. On a acheté une vidéo, on achète un film de temps en temps, dans la semaine, ou on demande à des copains de visionner une émission forte. Tu n'imagines pas le dialogue que cela nous a permis maintenant. Nos enfants lisent les journaux. Ils ont des informations. Nous parlons beaucoup. Nous jouons beaucoup. » Et ils me sautaient dessus, de joie.

Si, adultes, vous prenez du temps pour vos enfants, les enfants prendront le temps de bien grandir. Ils auront alors votre cœur aimant. Vos oreilles qui ont su les écouter. Et votre regard, miroir de l'espérance. Et ils les transmettront aux autres.

N'oubliez pas que le ciment de la vie, c'est l'Amour, rien d'autre.

Évidemment, si l'argent, les biens matériels et uniquement les résultats scolaires sont le tout de tout, alors bonjour l'angoisse pour vos chérubins, demain.

N'oubliez pas, quand vous avez fait l'amour sur un plumard (oh ! cela a dû être facile), vous en prenez au moins pour vingt ans d'amour, de présence, pour que vos enfants puissent avoir une colonne vertébrale forte.

Ne perdez jamais une minute, une heure, quand ils sont dans le nid. Ce sera trop tard, plus tard.

J'entends cette mère me hurler un jour : « Mon fils de vingt-quatre ans me hait, je n'ai jamais pris de temps pour lui. Enfant et adolescent, il n'a jamais rien dit. Parti de la maison, dès que je le vois, il me crache sa haine, je voudrais lui dire que je l'aime maintenant. Comment faire, Guy ? »

Je me suis tu. Je lui ai pris la main. Rien d'autre. Quoi faire, quoi dire quand le temps où l'enfant cherchait désespérément un regard, une oreille, un cœur, il n'a trouvé que vide, silence, regard détourné ?

Je prie souvent pour cette femme.

Huitième Partie

Prières

Notre Père…

– « Notre Père qui es aux cieux… »
– Oui ?
– Qu'est-ce que c'est ?
– Tu m'as appelé !
– Ah non ! non, non. Je ne t'ai pas appelé : je prie… « Notre Père qui es aux cieux… »
– Là, tu l'as encore fait…
– Mais qu'est-ce que j'ai fait ?
– Tu m'as appelé. Tu as dit : Notre Père. Me voici. À quoi penses-tu ?
– Oh, à rien, je…, à rien du tout, je, je prie. Je ne fais rien de mal, non ?
– Non, continue ta prière.
– « Que Ton nom soit sanctifié… »
– Que veux-tu dire par là ?
– Eh bien, je veux dire que…, je ne sais pas, moi, ce que je veux dire, je… Ça fait juste partie de la prière, c'est tout.
– Mon nom est différent des autres noms. Mon nom est : Je suis ! Cela ne te dit rien ?
– Si ! J'y avais jamais vraiment pensé avant… « Que Ton règne vienne, que Ta volonté soit faite sur la terre comme au ciel. »
– Que fais-tu pour que Mon règne vienne ?
– Ce que je fais, moi ?… Mais rien du tout… D'ailleurs, il me semble que ce ne serait pas si mal si Tu venais diriger toutes choses ici-bas comme Tu les diriges là-haut !
– Est-ce que je dirige ta vie ?

– Eh bien... Je vais à l'église... Enfin, à Noël, à Pâques. Enfin, j'y vais, quoi.

– Tu sais, Mon règne a déjà commencé. Mon royaume est en ceux qui suivent les traces de Mon Fils. Es-tu sûr de marcher dans ses pas ?

– Écoute, Seigneur, je suis aussi bon que toutes ces personnes qui vont à l'église tous les dimanches matin.

– Comment veux-tu que Ma volonté soit faite si ceux qui la demandent ne commencent par l'accomplir ?

– Oh, je sais que j'ai des problèmes. Je suis pas un saint.

– Moi aussi, je sais.

– Tu sais ? Alors Tu sais peut-être que j'aimerais me débarrasser de toutes ces vieilles histoires qui m'empêchent d'être vraiment libre !

– Bien ! Mais avançons : nous allons travailler ensemble toi et moi et vivre « Notre Père » vivant et pas récité.

– Eh non, ce soir ça va beaucoup trop loin et puis ça prend beaucoup trop de temps... « Donne-nous notre pain de ce jour. »

– Me fais-tu confiance pour le pain ?

– Oui.

– Prier est un acte dangereux. Tu pourrais finir par être changé, tu sais. Mais tu n'as pas fini avec ta prière. Continue... Eh bien, continue !...

– J'peux pas.

– Tu as peur ?

– Je sais ce que Tu vas me dire.

– Essaie donc, tu verras...

– ... « Pardonne-nous nos offenses comme nous pardonnons aussi à ceux qui nous ont offensés. »

– Tu penses à ceux qui t'ont fait du mal !

– Voilà, je savais que Tu allais me parler d'eux. Mais, Seigneur, ils m'ont fait beaucoup trop de mal, Tu comprends ? Et moi j'ai juré de me venger...

– Et ta prière ?

– Ça, c'est une question d'habitude, c'est tout.

– Tu es franc, au moins. Mais c'est pas facile de porter la haine en soi, n'est-ce pas ?

– Non, non, ce n'est pas facile. Mais je vais te dire : une fois que je me serai vengé, j'irai beaucoup mieux.

– Ça n'ira pas mieux, au contraire. Tu es déjà tellement triste... Je peux changer tout ça.

– Toi... Toi, Tu peux ? Et comment ?

– Pardonne-leur comme un jour, Moi, Je t'ai pardonné.

– Non, Seigneur, je ne peux pas leur pardonner, vraiment je ne peux pas...

– Que dirais-tu dans ta prière ?

– ... Je vais essayer de leur pardonner. Tu pourrais peut-être essayer d'aller leur parler à eux aussi. Je ne sais pas si eux Te prient chaque matin.

– Ce n'est pas ce qui m'arrête. Finis ta prière.

– « Ne nous soumets pas à la tentation... mais délivre-nous du mal. »

– C'est ce que Je ferai. Mais toi, éloigne-toi du mal. Apprends à vivre dans mon Amour.

– « Car c'est à Toi qu'appartiennent dans tous les siècles le règne, la puissance et la gloire. »

– Que la grâce et la paix t'accompagnent.

– Amen.

Prière faite par un groupe de jeunes.

Aime-Moi tel que tu es

Je connais ta misère, les combats et les tribulations de ton âme : la faiblesse et les infirmités de ton corps ; je sais la lâcheté, tes péchés, tes défaillances ; je te dis quand même : « Donne-moi ton cœur, Aime-Moi tel que tu es. »

Si tu attends d'être un ange pour te livrer à l'amour, tu ne M'aimeras jamais. Même si tu retombes souvent dans ces fautes que tu voudrais ne jamais connaître, même si tu es lâche dans la pratique de la vertu, Je ne te permets pas de ne pas M'aimer.

Aime-Moi comme tu es. À chaque instant et dans quelque disposition que tu te trouves, dans la ferveur ou dans la sécheresse, dans la fidélité ou dans l'infidélité.

Aime-Moi tel que tu es. Je veux l'amour de ton cœur indigent ; si, pour M'aimer, tu attends d'être parfait, tu ne M'aimeras jamais.

Mon enfant, laisse-Moi t'aimer, Je veux ton cœur. Je compte bien te former, mais en attendant, Je t'aime comme tu es. Et Je souhaite que tu fasses de même ; Je désire voir, du fond de ta misère, monter l'amour. J'aime en toi jusqu'à ta faiblesse. J'aime l'amour des pauvres ; Je veux que, de l'indigence, s'élève continûment ce cri : « Seigneur, je Vous aime. » C'est le chant de ton cœur qui M'importe. Qu'ai-Je besoin de ta science et de tes talents ? Ce ne sont pas des vertus que Je te demande, et si Je t'en donnais, tu es si faible que bientôt l'amour-propre s'y mêlerait ; ne t'inquiète pas de cela. J'aurais pu te destiner à de grandes choses ; non, tu seras le serviteur inutile ; Je te prendrai même le peu que tu as, car Je t'ai créé pour l'amour. Aime. L'amour te fera faire tout le reste sans que tu y penses ; ne cherche qu'à remplir le moment présent de ton amour.

Aujourd'hui, Je me tiens à la porte de ton cœur comme un mendiant, Moi, le Seigneur des seigneurs.

Je frappe et J'attends, hâte-toi de M'ouvrir, n'allègue pas ta misère. Ton indigence, si tu la connaissais pleinement, tu mourrais de douleur. Cela seul qui pourrait Me blesser le Cœur, ce serait de te voir douter et manquer de confiance.

Je veux que tu penses à Moi à chaque heure du jour et de la nuit. Je ne veux pas que tu poses l'action la plus insignifiante pour un motif autre que l'amour. Quand il te faudra souffrir, Je te donnerai la force ; tu M'as donné l'amour, Je te donnerai d'aimer au-delà de ce que tu as rêvé.

Mais souviens-toi : « Aime-Moi tel que tu es. » N'attends pas d'être un saint pour te livrer à l'Amour, sinon tu n'aimeras jamais.

Ne m'appelle pas étranger

Ne m'appelle pas étranger parce que je suis né en terre lointaine
Ou parce que le Pays d'où je viens porte un autre nom.

Ne m'appelle pas étranger parce qu'un sein étranger m'a nourri
Ou parce que les histoires de mon enfance étaient racontées dans une langue qui t'est inconnue.

Ne m'appelle pas étranger parce que l'amour d'une mère nous apporte à tous la même lumière.
Dans leurs chants et leurs caresses, proches de leur cœur, toutes, elles nous imaginent comme des êtres égaux.

Ne m'appelle pas étranger. Ne pense pas d'où je viens.
Il est préférable de penser à notre destin commun et voir où le temps nous guide.

Ne m'appelle pas étranger parce que ton pain et ton âtre donnent réconfort à ma faim et à mes tremblements de froid et parce que ton toit m'offre un abri.

Ne m'appelle pas étranger. Ton blé est comme le mien et tes mains comme les miennes !
Et la faim, jamais vaincue, s'abat partout, continuellement sans choisir ses victimes.

Ne m'appelle pas étranger parce que ta route m'a attiré et parce que je suis né dans un autre pays, parce que j'ai connu d'autres océans et appareillé à d'autres ports.

Mais les mouchoirs voletant pour se dire adieu sont les mêmes, comme sont identiques les yeux humides de larmes de ceux que nous laissons.

Les prières et l'amour de ceux qui espèrent notre retour sont les mêmes.

Ne m'appelle pas étranger. Tous, nous pleurons avec la même voix et partageons la même fatigue, que nous traînons derrière nous depuis le commencement des temps. Quand les frontières n'existaient pas encore, bien avant l'existence de ceux qui divisent et tuent, de ceux qui vendent nos rêves et qui auraient, un jour, inventé la parole « étranger ».

Ne m'appelle pas étranger. C'est un mot triste, un mot froid qui évoque l'exil.

Ne m'appelle pas étranger. Regarde ton fils courir avec le mien, main dans la main, jusqu'au bout du chemin.

Ne m'appelle pas étranger parce qu'ils ne comprennent rien à la langue, aux frontières et aux drapeaux. Regarde-les monter dans le ciel : une seule colombe les emporte unis dans un vol unique.

Ne m'appelle pas étranger. Regarde-moi dans les yeux, outre la haine, l'égoïsme et la peur et tu verras que, moi aussi, je suis un être humain. Je ne peux être un étranger.

Rafael Amor.

Ils sont si bien élevés
les gosses qui meurent de faim

Ils sont si bien élevés, les gosses qui meurent de faim:
Ils ne parlent pas la bouche pleine,
Ils ne gâchent pas leur pain,
Ils ne jouent pas avec la mie pour en faire des boulettes,
Ne font pas des petits tas au bord de leur assiette,
Ne font pas des caprices, ne disent pas: « J'aime pas ça ! »
Ne font pas la grimace quand on enlève un plat.

Eux, ils ne trépignent pas pour avoir des bonbons,
Ils ne donnent pas aux chiens le gras de leur jambon,
Ne courent pas dans vos jambes, ne grimpent pas partout...
Ils ont le cœur si lourd, et le corps si faible, qu'ils vivent à genoux...
Pour avoir leur repas, ils attendent sagement...
Ils pleurent quelquefois, quand ça dure trop longtemps...

Non, non, rassurez-vous, ils ne vont pas crier:
Ces petits-là, ils sont bien élevés...
Ils pleurent sans bruit, on ne les entend pas,
Ils sont si petits qu'on ne les voit même pas...
Ils savent qu'ils ne peuvent rien attendre de leur mère
et de leur père.
Ils cherchent stoïquement leur riz dans la poussière,

Mais ils ferment les yeux quand l'estomac se tord,
Quand la douleur atroce irradie tout leur corps.
Non, non, soyez tranquilles, ils ne vont pas crier,
Ils n'en ont plus la force :
Seuls leurs yeux peuvent parler...
Ils vont croiser leurs bras sur leur ventre gonflé,
Ils vont prendre la pose pour faire un bon cliché...
Ils mourront doucement, sans bruit, sans déranger...
Ces petits enfants-là... Ils sont si bien élevés.

Oui, ils sont si bien élevés les gosses qui meurent de faim.

François Devillet.

Une trace de pas

Une nuit, un homme fit un songe.
Il rêva qu'il marchait en compagnie
de Jésus, sur la rive.
À chaque scène, il remarquait
une double trace de pas dans le sable,
la sienne et celle de Jésus.

Quand la dernière image s'effaça,
il repensa aux traces de pas
et s'aperçut qu'à diverses reprises,
le long du sentier, il n'y avait
qu'une empreinte de pas dans le sable.
Il se rendit compte que cela correspondait
aux moments les plus sombres
et les plus tristes de sa vie

Il s'adressa à Jésus :
« Seigneur, dit-il, tu avais dit
que tu m'accompagnerais
tout le long de la route.
Mais je constate qu'aux heures
les plus pénibles de ma vie,
je ne puis voir qu'une seule série
d'empreintes sur le sable.
Je ne comprends pas qu'au moment
où j'avais le plus besoin de toi,
tu m'aies délaissé. »

Jésus répondit : « Mon enfant, je t'aime
et je ne saurais t'abandonner.
Aux jours d'épreuves et de souffrances,
quand tu ne vois qu'une trace de pas,
c'est qu'alors je te portais. »

Margaret Fishback Powers.

Conclusion

L'Église, mon deuxième amour

Après la capote... Jacques Gaillot

« Que penses-tu du pape et de la capote ? »

D'aéroports en gares, de bars en contacts de rues... C'était la même question qui m'était posée depuis des années.

Aujourd'hui, fini pour moi de répondre inlassablement à cette question opposant l'interdiction papale face à ce bout de caoutchouc suscitant tant d'intérêt.

On m'assaille toujours autant, mais pour une autre question : « Que penses-tu de Jacques Gaillot et du Vatican ? »

Je pensais qu'on allait prendre enfin de la hauteur dans ce nouveau dialogue... Mais je constate combien, en s'interrogeant sur l'Église, les gens sont durs, hargneux. Ils l'égratignent, la vilipendent, quand ils ne la salissent pas.

Portrait d'un SDF : sans diocèse fixe

Il n'a pas la carrure d'un Rambo épiscopal, à la voix de stentor, qui prêche dans sa cathédrale au milieu du lac tranquille des gens bien installés.

Il est gracile. Son visage respire la douceur. Ses yeux bleus sont tendres et sereins. Sa calvitie appartient tout à fait au clergé traditionnel. Et il se paie, en plus, le luxe d'avoir cette touche de féminité, propre à tant de ses pairs. Enfin ! Le portrait de l'évêque de l'ancien temps...

Mais sa voix fluette a porté bien au-delà de sa cathédrale. Ses mots sont ceux de l'athlète qui ne se sent bien qu'en mer démontée, frôlant les récifs, bravant les vagues les plus hautes pour pêcher le poisson des hauts fonds. On l'a mis en garde. On a tenté de baliser partout sa trajectoire. On a illuminé sa route de feux rouges. On lui a demandé enfin de rentrer au port.

Il a continué son chemin. De micros en caméras (ses récifs), d'interviews en petites phrases (les vagues qu'il suscite), de prises de position en livres prolifiques (les filets qu'il jette là où peu s'aventurent).

Il allait loin, très loin, parfois trop loin.

Mgrs Decourtray et Duval avaient tenté de freiner ce torrent impétueux qui coulait toujours sans frein et sans berges. Jacques avait été d'accord pour accepter la discipline actuelle de l'Église. Et puis il a passé outre, dans un glissement lent mais inexorable.

Et le clash est arrivé. Sournoisement. Brutalement.

Ses trois charismes

Jacques Gaillot s'est adressé à un peuple innombrable.

Et c'est un de ses charismes indéniables.

Pêle-mêle, chrétiens militants, chrétiens croyants non pratiquants, chrétiens loin de l'Église ou non chrétiens, musulmans, athées, l'ont écouté, l'ont rejeté, ou se sont rangés sous sa bannière épiscopale, toutes professions confondues. Quant aux cabossés de la vie, SDF, prisonniers, ils ont bu son message et l'ont approuvé à cent pour cent.

D'où le dialogue très complexe amorcé avec chaque interlocuteur selon sa dimension religieuse, humaine ou sociale.

Le chrétien militant nuancera son propos. L'Église, il connaît. Celui qui ne fréquente l'Église que lors des enterrements sera tranchant. Les paumés de tout poil ont senti en Jacques un porte-parole, quelqu'un qui les aimait et les soutenait. Ils sont ses fans inconditionnels.

Autre charisme de Jacques : il annonce d'abord l'Évangile aux plus pauvres. Sa tâche d'évêque est remplie à ras bord de la plainte des plus petits, de leurs difficultés et de leur merde inextricable.

Il les a atteints en plein cœur.

Et son diocèse ne devenait plus qu'un jardin qu'il travaillait de temps en temps, sollicité qu'il était partout. D'une certaine façon, son limogeage d'Évreux lui rend grand service. Il le dit lui aussi : « Je suis devenu un évêque libre. » Son diocèse était depuis longtemps la France, l'Europe, le monde. Il était trop grand pour Évreux.

Enfin, il a un troisième charisme et pas des moindres : quand il dit quelque chose, il est formidablement écouté. Il a une présence très forte qui parle... Des yeux d'une sérénité qui apporte à celui qu'il regarde une chaleur qui liée à des mots très simples, passe la rampe au-delà de l'imaginable.

Il y a belle lurette que l'Église n'avait pas une telle présence médiatique à offrir à un peuple immense qui a soif de Dieu.

Et, qu'on le veuille ou non, Jacques est le meilleur traducteur du message de l'Évangile auprès des jeunes : dans ce qui pourrait être l'Église de demain.

Et l'Église vire cette présence.

J'étais à Évreux

En pleine montagne en fin de camp de ski, j'ai biffé, après réflexion et... prière, les trois jours de repos que je m'étais donnés.

Jacques Gaillot appelait ceux et celles qui le désiraient à faire l'Eucharistie une dernière fois en sa cathédrale. Et l'Eucharistie, que je sache, c'est le centre d'unité de l'Église. J'ai donc foncé.

Tempête partout.

Dans le ciel, pluie et vent violent. Dans les médias, les communautés chrétiennes et la rue, réactions innombrables, contrastées, violentes, inconditionnelles, pour ou contre Jacques Gaillot.

Cet évêque, décidément, ne suscite pas les nuances.

J'étais là, dans le chœur de la cathédrale, avec les prêtres du diocèse d'Évreux. Je leur avais prêché une retraite sacerdotale il y a dix ans, à la demande de leur évêque, et j'en devinais beaucoup déchirés et meurtris. Important d'être à leurs côtés ce jour-là. Jacques, de plus, m'avait prêché ma propre retraite à Alger ces années dernières. J'avais gardé un souvenir lumineux et rayonnant de sa méditation sacerdotale. Mon lien avec ses prêtres était resté fort. D'où ma présence. Et puis on s'était vus avec l'évêque plusieurs fois et on avait cassé une graine ensemble. De plus, quand je n'étais pas d'accord avec lui, je lui écrivais. J'ai salué aussi maintes positions courageuses et belles. Ajouter qu'il est né un 11 septembre et moi le 12 de la même année, crée des liens renforcés par nos bientôt soixante printemps.

Pas question d'être là pour grossir les rangs des « pour Gaillot » contre Rome, ou de jeter de l'huile sur le bûcher des « contre » qui rêvent de brûler l'évêque sur la place publique. Je ne m'attendais pas à une telle pétaudière. Mais j'étais en plein dedans.

Et les télés aux aguets m'avaient très vite détecté. J'avais dit seulement quelques phrases.

Dingue : les jours suivants, les centaines de lettres de bons chrétiens de tous bords...

Ça allait du « Mais qu'est-ce que tu foutais là ? » à « Bravo, Guy ! je savais que tu y serais... ».

Seules quelques très belles lettres nuancées donnaient à ma présence un a priori favorable et me questionnaient sur cette messe hautement médiatique.

J'ai admiré ce peuple qui débordait de partout. Tant de pauvres se serraient autour de leur évêque ! Ce signe évangélique crevait les yeux.

Des musulmans, athées ou communistes, se mouillaient autour de lui. Autre signe boomerang de sa solidarité tous azimuts, allant de sa défense du coco d'Évreux incarcéré injustement en Afrique du Sud à des musulmans modérés, à qui il savait parler en plein cœur de leur islam.

Cette lame de fond priante faisait chaud au cœur, même si les caméras innombrables envahissaient le chœur et ne mitraillaient que l'évêque.

Ces zooms figés sur son visage traduisaient bien une solitude qui est celle d'un prophète et aussi les errements d'un homme-évêque amoureux des médias et semblant kidnappé par eux.

Seul… et un peuple immense

S'il est un argument misérable à l'encontre de Jacques Gaillot, c'est bien celui du préfet de la Congrégation des évêques affirmant que plusieurs centaines de lettres de protestation avaient atterri, ces dernières années, sur son bureau, dénonçant les agissements de l'évêque d'Évreux.

Il y a 2 000 ans, ce sont des millions de lettres qui auraient été envoyées au ciel, à Dieu le Père, pour bien lui signifier : « Ras le bol de ton Fils ! »

Jacques a pris appui sur les dizaines de milliers de lettres de soutien qu'il a reçues. Mais l'Église a-t-elle besoin de s'envoyer dans la gueule les lettres de ses supporters ou détracteurs ? Je ne le pense pas. Seul, cet immense cri répercuté par le 1,65 mètre du plus grand perturbateur de l'Église actuelle doit enfin être entendu.

L'Église, cette assemblée de près d'un milliard de chrétiens, n'est pas faite de durs et de purs, de gens propres, impeccables, sans taches. Elle est faite de pécheurs d'abord, tous et toutes en voie de sainteté.

Elle est faite d'unité dans la diversité. Non pas de moutons bêlants, soumis et les doigts sur la couture, mais d'humains debout, libres, acceptant leurs différences et cherchant toujours l'unité dans le corps épiscopal d'abord, et avec le peuple chrétien ensuite.

Elle n'est pas démocratique par son fondateur et son histoire. Elle est théocratique… mais avec, au XXIe siècle, un désir de plus en plus fort d'être écoutée dans ses profondeurs. Les synodes multiples, les consultations des fidèles lors de l'enquête faite avant la nomination d'un nouvel évêque, et tant d'autres équipes d'animation pastorale annoncent un dialogue de plus en plus exigé à la base et à vivre.

Cet effort de « démocratisation » de l'Église butait, sans qu'on s'en rende compte, contre le modèle de fonctionnement de l'Église catholique. Une parole s'est libérée depuis trente ans, doucement mais inexorablement. Jacques Gaillot a fait exploser sur maints sujets une fiction de l'unité, notamment sur la discipline de l'Église et les sujets de société.

L'Église hiérarchique a souvent jeté à la poubelle des demandes pressantes qui fourmillaient dans les synodes et les mouvements d'Église.

Jacques avait su happer partout les appels du peuple de Dieu restés sans réponse ou, souvent, jetés aux orties. Il disait tout haut, fort et clair, ce que j'ai entendu en catimini de la bouche de maints évêques et de multiples prêtres ou chrétiens.

Jacques rassemble (malheureusement à lui tout seul) ces multiples demandes, désirs d'une Église de plein vent, qu'il écoutait et dont il répercutait les cris.

Il en a été le porte-parole épiscopal. Mais parfois il allait beaucoup trop loin. Il y a certains sujets, certaines questions qui, lancés, risquent de voir l'Église se refermer aussitôt. Il faut savoir peut-être se taire, parfois, si ceux et celles qui écoutent ne sont pas prêts à entendre.

L'« insolence mesurée » dans l'Église est le fait de ceux qui osent ouvrir doucement les portes.

Entrer en force ou les défoncer, cela peut provoquer dissensions, déchirements, opposition et refus. On peut le faire. Et c'est ce que Jacques a fait. Est-ce que cela fait avancer l'Église ou la divise ? C'est la question essentielle. Les conséquences de l'éviction de l'évêque d'Évreux dans les mois et les années à venir nous le diront.

Trop user les médias

L'isolement du « Monseigneur des autres » par les médias est un danger certain pour lui. Parmi les vedettes qui se bousculent à l'écran, l'homme de Dieu y vit le plus dangereusement. La vedette parle d'elle sans fin et se brûle avec délectation aux rampes des sunlights. Le prêtre ou l'évêque parle d'un plus grand que lui. Il parle au nom d'un Autre.

Seul Dieu dont il est le représentant doit l'inspirer. Malheur à lui s'il se brûle aux feux des projecteurs !

Une présence charismatique à la télé ne suffit pas. Des paroles, des réponses peuvent vite se noyer dans un magma social et humanitaire où l'Évangile ne trouve plus son compte. Certains silences aussi peuvent être très pesants et jeter le trouble quand un homme d'Église choisit de s'exposer trop souvent devant le petit écran.

Trop user les médias, c'est connaître la propre usure du poids de sa parole. Plus on est demandé, et plus on répond, plus, à mon sens, on affaiblit la force de son témoignage.

Il s'agit alors de dire non aux médias. Et Jacques l'a dit lui-même : « Je ne sais pas résister à un micro... »

Maintenant qu'il est évêque du Dragon (fameuse rue des squatters où il a élu domicile), comment pourra-t-il continuer à dire l'Évangile sous l'œil implacable des Kodak ou de la caméra fouineuse ? On ne peut pas vivre avec les pauvres, entre un journaliste ou un caméraman.

Évêque des exclus, Jacques Gaillot ne peut l'être

que maintenant. Avant, il ne l'était pas. Il parlait en leur nom sans vivre avec eux. Vivre avec les exclus, c'est pousser un cri ou poser un geste prophétique et médiatique de temps en temps, et faire surtout silence à leurs côtés. Sinon, on devient un formidable alibi où l'homme de Dieu sera valorisé et les petits ne serviront que de support médiatique à un évêque star.

L'homme public politique doit être vu pour authentifier le vote de ceux et celles qui l'ont élu. L'homme de Dieu n'a pas la même mission. Dieu est sa référence. Son apostolat et son silence intérieur sont sa force. Ils n'ont pas à être « étalés » sans cesse pour être authentifiés. L'Église a trop de lumière à montrer pour se fixer sur une seule étoile.

Inventer des évêques pour d'autres terrains

Plus que jamais, après le séisme que Jacques a provoqué, une réflexion s'impose. Un évêque débordant son territoire, comme Jacques Gaillot l'a fait, pourrait être source d'un renouveau de la mission de l'évêque.

« Je suis débordé » est toujours la réflexion entendue quand on veut comprendre ce qu'un évêque vit et qu'on l'interroge.

Planning rempli à ras bord.

Travail de laboureur épiscopal dans son diocèse. Travail de voltigeur répondant à des responsabilités nationales dont tout évêque a la charge. Il court partout. On lui demande tout : qu'il soit une grosse tête théologique, qu'il soit un homme de gouvernement, un pasteur, médiatique, communicatif, chaleureux, universel. Qu'il connaisse chacun de ses prêtres et des milliers de paroissiens. Qu'il réponde à toute question. Enfin, un homme introuvable parce qu'un évêque n'est qu'un humain.

Déjà un évêché est pesant, difficile à assumer. Ajouter des responsabilités nationales, et l'évêque est partout et nulle part. Plus que jamais, des évêques devraient être nommés, hors diocèses, pour des groupes humains ou sociaux. Dingue que le Vatican, depuis belle lurette, n'ait donné qu'à un seul groupe humain la possibilité d'avoir un évêque : ceux appelés à tuer !

Il en faut, là aussi, des évêques, pour les militaires. Mais les marginaux, les malades, les jeunes, et tant d'autres groupes ne mériteraient-ils pas d'être sous l'aile d'un évêque qui aurait la belle et large responsabilité de la santé, de la jeunesse, des marginaux, des loisirs, etc. ?

Il serait temps, à travers le charisme de Jacques Gaillot auprès des plus pauvres, de donner à des évêques des responsabilités qui oxygéneraient et dynamiseraient tant de groupes humains ignorant le nom de l'évêque qui est leur pasteur surchargé.

Faire l'Église ensemble

«Tu te souviens, Jacques, de ce soir du fameux 22 janvier 1995 où, après avoir fait descendre l'Amour dans nos mains nues au milieu d'une foule immense, j'ai osé frapper à ta porte à 11 heures du soir ? Tu m'as ouvert.

«Tu étais seul avec ta mère et ta sœur. Et j'ai partagé le pain avec toi. Je t'ai senti harassé. Tu n'étais ni aigri, ni hargneux, mais serein comme tu l'es toujours. Et c'est don de Dieu. Mais, là, tu m'as paru nu. Enfin. Sans caméra. Sans supporters... Seuls les cartons, emplis à ras bord des milliers de lettres d'approbation ou d'insulte, témoignaient silencieusement de ce que ta fragilité, tes erreurs et tes cris prophétiques avaient suscité.

«Puisses-tu mettre maintenant assez de contemplation dans ta vie d'apôtre pour continuer à faire l'Église.

«Pas seul, Jacques.

«Ton sillage de météore a enveloppé de lumière de multiples âmes, autant qu'il a posé de questions à mille autres. Personne n'a l'avenir de l'Église dans ses seules mains. Mais tu as une immense responsabilité vis-à-vis de ceux et celles que tu as fait grimper ou que tu as meurtris.

«Ton "diocèse invisible est immense", dis-tu. Si tu le portes seul, c'est du suicide, et l'Église en sortira divisée et affaiblie. Et tu risques de te perdre.

«On ne te fera jamais taire, Jacques. Ça, c'est certain. Mais une prudence audacieuse et un discernement nouveau, grâce au silence et à la prière, te redonneront vigueur et allégresse pour marcher, tes pas dans les pas de Pierre.

« Tu as dit toi-même que "c'est au pape de maintenir la discipline". Tu resteras certainement le poulain qui s'échappe de temps en temps de l'enclos.

« Et ce ne sera jamais mauvais si tu sais toujours, avec ta voix et ton charisme, nous dire Dieu et Son Amour.

« N'oublie pas tes cent dix copains, évêques avec toi. Ils sont ce qu'ils sont. Évidemment différents. OK ! Certains sont si médiatiques qu'à voir leur gueule ou à les entendre, on zappe tout de suite sur une autre chaîne... Mais ils peuvent aussi, dans le parloir d'une prison, ou avec les exclus de leur diocèse, avoir comme toi la même présence. Seulement, la leur est ignorée.

« Tu es torrent, Jacques. Ils sont fleuves tranquilles. Mais tous vous travaillez pour emplir l'immense mer de l'Église du XXIe siècle. Vos voix si différentes sont richesse et force. Reste canard dans une couvée de poussins, si tu sais revenir sans cesse sous l'aile de l'Église qui t'a fait et que tu aimes.

« Et puissent tes yeux, couleur d'azur, continuer à percer "de temps à autre" les écrans et ta voix si douce nous dire Dieu dans le langage de notre temps.

« Puisses-tu surtout vivre maintenant si près des pauvres que tu prennes le risque d'attraper des puces. Des puces épiscopales, ça court pas les évêchés.

« Mais ces puces-là sont toujours évangéliques.

« Bon vent, Jacques, dans ta nouvelle mission ! »

Église, je te bénis et je souffre

Je te bénis de porter en ton sein une Mère Teresa, un abbé Pierre et tant d'autres, inconnus, qui sont nés de toi et qui portent au plus haut l'héroïsme chrétien.

Je souffre de te voir bénir et décorer dernièrement un Pinochet aux mains pleines de sang, et d'apprendre que les évêques argentins se taisaient alors qu'ils savaient que les militaires larguaient vivants, dans la mer, des milliers de prisonniers politiques.

Je te bénis d'avoir osé donner le premier coup de pioche dans le Mur de Berlin, en dénonçant, contre vents et marées, un régime qui se disait démocratique et populaire et qui n'était devenu qu'un monstre froid et démoniaque.

Je souffre de te voir magnifier la femme en lui donnant si peu de place, alors qu'elle attend depuis 2 000 ans d'être l'égale de l'homme en ton sein.

Je te bénis de défendre l'enfant dans le ventre de toutes les mères.

Je souffre d'entendre ta voix ressasser ton obsession contre les contraceptifs qui, souvent moindre mal, peuvent sauver tant de couples qui te tournent le dos devant l'intolérance des seuls hommes d'Église qui légifèrent les couples.

Je te bénis pour tes multiples visages qui offrent à la terre entière le message lumineux de l'Évangile.

Je souffre avec la terre entière du génocide rwandais, horreur sans nom. Je me suis seulement mis à genoux pour demander pardon. Et je me suis interrogé sur le vernis évangélique dont nous pouvons, parfois, recouvrir nos communautés chrétiennes.

Je te bénis pour les dizaines de milliers de contemplatifs qui chantent l'Amour de Dieu, dans l'incompréhensible solitude de tous les couvents de la terre.

Je souffre de te voir faire succéder à Helder Camara cet autre prophète immense, un évêque conservateur, qui pille et brise l'espoir formidable donné aux plus petits.

Je te bénis de défendre partout les minorités écrasées et piétinées.

Je souffre de te savoir plus préoccupée du célibat des prêtres que de l'Eucharistie, ce trésor inégalable, consacré par les mains de plus en plus vacillantes des seuls célibataires.

Je te bénis de maintenir la beauté du célibat, une de tes lumières éblouissantes, ce don total qui est grâce et disponibilité absolue. En souhaitant te voir ouvrir la porte du sacerdoce au militant chrétien marié qui pourrait faire descendre Dieu dans les multiples paroisses désertées. Tu sembles tellement oublier que saint Pierre était marié !

Je souffre de te sentir, Église, si molle et si timide face à l'argent dont tu dénonces si peu la nocivité et la gangrène qui atteint tous et toutes, alors que tu t'étales toujours longuement sur la sexualité dont tu parles bellement mais que tes représentants ne pratiquent pas.

Je te bénis de dénoncer un monde sans repères, amoureux de la seule matière, passionné de paraître et d'avoir, en lui disant inlassablement que, seul, l'être compte et que Dieu Amour est le Tout de tout.

Je souffre de voir un Jean XXIII pas encore appelé sur les autels, alors qu'à toute vitesse un Balaguer, évêque de l'Opus Dei, est déjà béatifié.

Je te bénis, Église, d'avoir enfin osé dire : « La Mafia c'est la mort », après des siècles de compromission avec l'argent sale et puant qui te liait et te faisait taire.

Je souffre de ta langue de bois qui détonne tant, après le « N'ayez pas peur » tonitruant d'un Jean-Paul II, juste assis sur le trône de Pierre.

Je souffre de te voir refuser aux divorcés remariés ton Aliment souverain, le Corps du Christ.

Je te bénis d'avoir proclamé ton « culte de l'homme » et d'avoir vu Jean-Paul II assis, non sur un trône, mais au milieu de tous les représentants de toutes les religions du monde.

Je t'aime, Église. Sans toi, que serais-je ?

Sans ton appel fort, impérieux, j'aurais manqué ce qui fait, depuis trente ans, l'enchantement de ma vie. Jamais je ne te remercierai assez de ce que tu as fait en m'appelant à la plus haute mission qui soit sur terre : donner Dieu au cœur d'un des terrains les plus difficiles qui soient : la jeunesse meurtrie au-delà de l'imaginable.

MERCI

Pour ta tendresse toujours présente dans mes peurs et mes déchirements d'apôtre exposé.

Pour sentir ta présence priante au cœur de mes nuits, dans les endroits les plus sordides.

Pour ton regard si aimant pour ma tâche si complexe.

Tu m'as fait souffrir souvent. Mais ton mystère d'amour a réchauffé tellement plus mes doutes et mes blessures !

Oui, je t'aime, toi, Église, mon deuxième amour !

Table

PREMIÈRE PARTIE

UNE VOCATION, UN CHEMIN

Les yeux de mon père et de ma mère 13
Les mal-nés de la rue 27
C'est toujours le même choc 43
Eucharistie hors frontières 45
Faire le pas 47
Guerre totale contre l'exclusion 49
Et si les pélés leur mettaient le feu ?. 59
Les princes du pélé 66

DEUXIÈME PARTIE

UNE VIE ÉCARTELÉE ET UN CŒUR PACIFIÉ

Mon rythme de vie 75
Le silence, un atout maître 81
Le seul horizon du Carmel, c'est Dieu 83
Correction fraternelle loubarde 85
Écouter... écouter inlassablement 87
Putain d'hépatite ! 89

TROISIÈME PARTIE

LE PLAN DE DIEU

Le signe le plus urgent de Dieu 93
L'espérance du chemin de croix 96
L'espérance du taulard 104
L'espérance de l'Europe ou Prions pour une Europe de l'Espérance 112
L'espérance de l'Algérie 116
L'espérance de la télé 120
Les envoyés de Dieu 122
Le pardon 135
Le mystère 138
Le pape 142

QUATRIÈME PARTIE

DES PRÊTRES ET UNE MORALE POUR L'ÉGLISE

Les jeunes et la morale 147
Aimez bien vos prêtres 149
« Un homme vaut plus que sa moto » 152
Aux « jeunots » de l'Église 154
Parole libre ou muselée... 157
Jeune prêtre, contemple tes mains 159
Médecins... mais pas vétérinaires 161
Ni des salauds ni les meilleurs... 163
Clin d'œil à nos anciens 165
L'Église aux mille lucioles 167
Baiser, aimer ou vivre l'amour 169

Cinquième Partie

VICTIMES ET ASSASSINS

Snipper, qui viseras-tu demain? 181
Le mépris et la bienveillance 183
« Vieux schnock » et « Arabe dégénéré » 185
Grégory et James, veillez sur nous... 187
Comme des étoiles filantes 189
Deux énormes vagues 191
Sarajevo, c'est un peu chez nous 193
Prière pénitentielle des conducteurs 195

Sixième Partie

LA BERGERIE

Faucon... 20 ans après 199
Ah ! Les vaches 213
Sanglierthérapie 215
Sanctions... écologiques 217
Maître-chien... piège pour jeunes... 219

Septième Partie

CHUTE(S) LIBRE(S)

Péter les plombs 223
Vacances... nouveaux horizons 225
Le « trône de la jungle » 227
Une étoile dans les ténèbres 229
Ne jamais aimer en vrac... 231
Double emploi assassin... 233
À toi, Lucette 235
La drogue et notre hypocrisie... 237
Les sorciers du XXIe siècle 239
Violence d'aujourd'hui, violence sans raison . . 242

Huitième Partie

PRIÈRES

Notre Père... 249
Aime-Moi tel que tu es 252
Ne m'appelle pas étranger 254
Ils sont si bien élevés les gosses qui meurent de faim 256
Une trace de pas 258

Conclusion

L'ÉGLISE, MON DEUXIÈME AMOUR

Après la capote... Jacques Gaillot 263
Portrait d'un SDF : sans diocèse fixe 264
Ses trois charismes 265
J'étais à Évreux 267
Seul... et un peuple immense 269
Trop user les médias 271
Inventer des évêques pour d'autres terrains . . 273
Faire l'Église ensemble 275
Église, je te bénis et je souffre 277

Composition réalisée par INTERLIGNE

Imprimé en France sur Presse Offset par

BRODARD & TAUPIN

GROUPE CPI

La Flèche (Sarthe).
N° d'imprimeur : 7515 – Dépôt légal Edit. 12085-06/2001
LIBRAIRIE GÉNÉRALE FRANÇAISE – 43, quai de Grenelle – 75015 Paris.

ISBN : 2 - 253 - 14351 - 0

31/4351/8